FUORICOLLANA

W0472409

Luca Sala

# Ricordati i miei occhi

www.aracneeditrice.it
www.narrativaracne.it
info@aracneeditrice.it

Copyright © MMXX
Gioacchino Onorati editore S.r.l. – unipersonale

via Vittorio Veneto, 20
00020 Canterano (RM)
(06) 45551463

ISBN 978-88-255-2994-4

*I diritti di traduzione, di memorizzazione elettronica,
di riproduzione e di adattamento anche parziale,
con qualsiasi mezzo, sono riservati per tutti i Paesi.*

*Non sono assolutamente consentite le fotocopie
senza il permesso scritto dell'Editore.*

I edizione: aprile 2020

# Nata orfana

Sono nata 1° agosto 1972, sono nata, come capita ogni tanto, senza un padre. Sembra che questo oggi sia abbastanza comune non più un'anomalia. Invece è di moda e si sente sovente di ovuli fecondati in vitro, uteri in affitto per coppie o genitori single che non potrebbero o hanno deciso di non avere figli, genitori di sesso "sbagliato o non compatibile" che per natura non sono stati progettati per avere figli ma che ne desiderano almeno uno. Il mio è ancora un caso diverso: la mia mamma, si è trovata fecondata "al volo", probabilmente senza volerlo, e così su due piedi, ha deciso di avermi, portarmi nove mesi dentro di sé, nonostante che l'uomo con cui aveva dormito quella notte, di cui ignoro ogni particolare, fosse scomparso dal suo orizzonte esattamente sette minuti e trenta secondi dopo l'alba. O almeno io mi sono sempre immaginata sia andata proprio così. Le prime foto di famiglia ritraggono mia mamma sulla trentina, bionda con gli occhi verdi che purtroppo non mi ha passato; me che le sto in braccio e quasi sempre sto mangiando da un biberon di latte. Il cane e il gatto. Di uomini mai neppure l'ombra. D'altronde non ho fatto alcun caso alla composizione di questo nostro nucleo famigliare, forse un poco anomalo, fino circa ai primi giorni dell'asilo. Solo allora mi sono accorta che alcuni bambini erano accompagnati dalla mamma, donna, ma altri da un uomo che in certi casi chiamavano nonno ma anche papà, papi, babbo. Parola il cui significato per lo più non mi apparteneva. La mamma alle mie domande molto semplicemente mi aveva spiegato che c'erano diversi tipi di famiglie con diverse organizzazioni: la nostra era così, io, lei il cane e il gatto, punto e basta. Ce ne erano anche con due papà o due mamme, ce n'erano senza bambini, tanto che la nostra non era poi fra le più strane. Poi, crescendo mi sono resa consapevole che qualche cosa di diverso in effetti noi eravamo e verso gli undici, dodici anni ho cominciato una specie di caccia al tesoro, alla ricerca di un qualche segnale dell'inevitabile passaggio nella sua, della mamma, e nella mia vita di un uomo, che forse sarebbe potuto essere mio padre. Tralasciando completamente l'idea anche perché non sapevo immaginare come poteva essere accaduto che questo passaggio fosse avvenuto fra le gambe di mia madre. Nei cassetti fra gli abiti, l'armadio delle scarpe, lo scaffale degli attrezzi, la cucina, delle foto ho già detto… nulla che lasciasse intuire il minimo dettaglio. Un fazzoletto di stoffa, un paio di calzini corti… qualche lametta da barba che non fosse di colore rosa per femmina. Una pipa in fondo ad un cassetto.

# La mia mamma

Nina Granata, e mi manca molto, è morta l'anno scorso. Un essere che per certi aspetti era di un altro secolo, anzi di due secoli fa, come quelli che si leggono sui libri di storia che hanno fatto l'unità d'Italia o la guerra Punica... che ha vissuto in un altro mondo, rispetto al mio e non ne parliamo neppure di quello che stiamo vivendo. Per altri aspetti, invece, era moderna, anzi futura, specie a confronto di molte mamme delle mia amiche. Nina, era la quinta figlia di un sarto che mi sembra si chiamasse Pietro e di Maria una donnina di bassa statura ma piena di energie e di iniziative, almeno a stare a quanto la mamma mi raccontava. Una donna molto prepotente che sgridava il marito responsabile della carenza di denaro che cronicamente ricorreva in casa ad ogni metà di ogni mese dell'anno. Nina era molto bella, dalle foto da ragazza, seppur modificate col pennello in alcuni particolari come si usava fare, mi richiama l'immagine di un'attrice, di una cantante, o della moglie di qualche ricco industriale ripresa mentre scende da una macchina di lusso per entrare alla prima della Scala. Questa ragazza di poco più di venti anni, che aveva frequentato a malapena le elementari, che aveva vissuto in una famiglia semplice in una casa di ringhiera di Corso Genova non si sa come né dove né quando e in quale occasione abbia conosciuto un nobiluomo di Bergamo, Pietro Maria, figlio di una Baronessa piuttosto originale tanto che si faceva chiamare anche dalla servitù soltanto Mimì e di un avvocato, bello ed elegante che aveva trent'anni più di lei, Giorgio. Il fatto che è più interessante, tornando al Pietro fu che Nina riuscì a farsi sposare e da lì a nove mesi ne nacque un figliolo maschio, che chiamarono Giorgio come il nonno e che sarebbe poi diventato mio fratello maggiore e germano. Ora la cosa già un poco intricata e forse per alcuni fra i più pettegoli, intrigante, si era complicata in quanto fonti certe affermano che già per quanto riguarda il Pietro, ma certamente per quanto riguarda Giorgio, le somiglianze con la famiglia d'origine non c'erano proprio. E questi aspetti fisici per i quali ancora una volta la genetica rappresenta inequivocabilmente una scienza esatta, riconducono queste somiglianze indiscutibili, a quanto pare, ad un personaggio politico molto in vista amico della baronessa, che frequentava abitualmente la casa della nonna nobildonna e che successivamente, si affezionò in modo straordinario alla mia mamma, tanto da divenirne consigliere e protettore, il Conte Giacomo. Effettivamente le foto ci tramandano immagini dei volti di Pietro e di mio fratello Giorgio molto diverse fra quelli dei presunti padri, l'attacco dei capelli, il colore ed il taglio degli occhi, l'altezza, un certo modo di posizionarsi, un poco come fanno i cammelli o le gru, barcollando leggermente in avanti il capo e stringendosi nelle spalle. Per chi non avesse afferrato sembra che il Conte Giacomo fu non solo il padre naturale di Pietro ma anche di Giorgio, sia del padre che del figlio! Fatto sta ed è che Nina sbrigò in fretta le sue incombenze di neo madre e mise Giorgio in un collegio dal quale sarebbe uscito dopo diversi anni all'età della maturità, giusto per iscriversi all'Università. Nel frattempo le cose con Pietro non andavano affatto bene; in verità la mamma mi raccontava che non erano mai andate fin dall'inizio, così lei lo lasciò. Gesto teatrale e eccessivamente moderno per quegli anni che dimostra il grande coraggio e la determinazione, se ancora ce ne fosse bisogno, della mia mamma nel perseguire il proprio istinto. In pratica se ne fregò di ogni convenzione e delle critiche che certamente le furono manifestate tanto dalla sua famiglia ed in particolare dalla severissima sua mamma Maria, che dalla famiglia di Pietro che di certo non contemplava gesti così emancipati da parte di una donna, seppur madre di uno dei suoi discendenti. Da qui in poi per me è il buio, nel senso che so che la mamma si trasferì prima a Milano in un appartamento di via Durini, Pietro Maria era a quanto sembra molto ricco e non lesinava il denaro non ostante la separazione e poi a Bologna, dove decise di trasferirsi a vivere in una suite dell'Hotel Baglioni. Nel 1972 nacqui io, come ho detto in apertura di questa storia senza un babbo, o almeno senza che io ne avessi mai conosciuto uno.

# Metodo di addestramento per elefanti: primo indizio

Solo un oggetto in tutta la casa dove sono cresciuta e che era al quinto piano di un palazzo a forma di torre in fondo a via Larga, poteva ricordare il passaggio di un uomo almeno ai miei occhi di bambina; sulla sua provenienza la mamma era stata sempre piuttosto vaga. Mi aveva risposto la prima volta che glielo chiesi, dicendo di averlo acquistato in un mercatino di Londra, ma poi la volta successiva accennò ad un ricordo lasciato dalla zia di mio nonno, che aveva viaggiato l'Asia e l'Africa per diversi anni seguendo suo marito ingegnere minerario. A volte per risolvere la mia curiosità di dodicenne certamente piuttosto petulante, mi aveva invece liquidato un po' seccata «non mi ricordo come sia entrato in questa casa». Diceva sempre questa casa, un dettaglio che negli anni ho imparato come molti altri a valorizzare, non casa nostra o casa mia, questa casa; come se non la sentisse veramente di nostra o di sua proprietà, come se ci fosse stata regalata e noi l'abitassimo, come se fossimo di passaggio. Comunque quell'oggetto, un quadretto di trenta per trenta centimetri che ritraeva in un disegno a china una strana gabbia in legno dalle cui travi si diramavano diversi tiranti probabilmente in canapa che quasi a formare un'altalena o un'imbracatura giungevano fino a terra, restò un mistero. Un meccanismo a ruota sembrava, se azionato, permettere l'avvolgimento dei nastri e quindi la riduzione della loro lunghezza utile. Dentro la gabbia un elefante triste: vi era anche una didascalia sotto riportata "*Hindoo Method of Taming Elephants* Published and sold: Jan 1, 1815 by Edn. d Orme, Bond Street, London"; la bestia veniva in questo modo e con questo attrezzo allenata a rispondere ai comandi del suo addestratore. Fuori dalla gabbia era ritratto un ragazzino nero che le offriva una frasca verde come premio impartendo comandi utili a svolgere un lavoro si può dedurre di sollevamento e traino pesante. Sullo sfondo in basso a destra della stampa, dietro la gabbia con l'elefante, si notava una strana macchina, probabilmente frutto della fantasia del disegnatore. Era formata da numerosi piccoli contenitori comunicanti fra loro, l'ultimo dei quali era connesso con 12 vaschette a loro volta in comunicazione... ad ogni piano e se ne contavano almeno una trentina, si ripeteva il disegno e la struttura. Sopra al primo contenitore da un beccuccio di canna di bambù sembrava defluire un getto d'acqua che doveva di certo riempire le diverse e successive vaschette. Questa immagine mi è stata utile negli anni per aiutarmi a prendere sonno: il ragionare tanto sulla sorte dell'elefante ritratto, su come sarebbe poi stato impiegato, quali lavori avrebbe svolto, per chi e dove, quanto sul significato e l'utilità del marchingegno ad acqua di cui ho tentato di dare una descrizione, hanno avuto su di me un effetto catartico ed un rimedio sicuro alle mie ansie adolescenziali. Questo disegno era ed è rimasto per oltre trent'anni, l'unico segno possibile di un uomo in quella nostra casa, o almeno di questo mi ero convinta, e naturalmente e dal momento della sua scoperta ha alimentato ogni possibile mio pensiero diurno e notturno alla ricerca di un padre non perduto in quanto mai conosciuto. Forse era un viaggiatore, un esploratore, un commerciante con i paesi del sud del mondo. Tutte illazioni che per una sorta di pudore non mi permettevo di sottoporre alla mamma anche perché l'argomento, come mi aveva dimostrato in diverse occasioni, non la appassionava affatto, anzi in buona sostanza la infastidiva alquanto. Chiesi ed ottenni di avere in camera mia quel disegno che ancora oggi ha il posto d'onore nel mio salotto appeso proprio sopra al comò, lo stesso identico abbinamento che prima di essere trasferito da me aveva occupato nella nostra casa di Milano. È interessante ancora considerare, ai fini della mia ricerca, che la casa dove abitavamo era quasi totalmente asettica, priva di ogni riferimento a fatti o persone, così come piaceva a mamma. Solo oggetti della pratica quotidiana, qualche portacenere, allora tutti fumavano, un paio di vasi per i fiori, i piatti, i bicchieri eccetera… non rivelavano nulla di personale, che potesse ricollegarsi ad un viaggio, ad un giorno particolare, ad un acquisto da ricordare. Solo quel quadretto. La mia camera invece, come oggi la mia casa, era un vero e proprio suq di ricordi, oggetti, stoffe, foto, statuine, quadri… coltelli di tutto il mondo, alcuni che ho costruito con le mie mani lavorando con la mola, in un angolo del garage che avevo adibito a laboratorio, barre d'acciaio di balestre di auto, e questo, visto che sono una femmina, è indiscutibilmente qualche cosa che ho ereditato da lui dal DNA, dei suoi spermatozoi!

Sono sempre stata una romantica. Comunque null'altro indizio ero stata in grado di scoprire se non qualche sensazione, stimolata da una frase detta a metà da qualche amica della mamma, frasi di circostanza scappate tanto per dire qualche cosa del tipo: hai gli occhi di tuo padre, in effetti si sa che le femmine patrizzano, sei appassionata di storia come la tua nonna, che non poteva essere la mamma della mamma che da ragazza prima di sposare il sarto faceva la fruttivendola. O cose simili… come se effettivamente qualcuna di loro potesse sapere. Frasi che venivano prontamente depistate dalla mamma che cambiava discorso per distrarmi da quelle ambigue affermazioni probabilmente sfuggite più per consuetudine che per oggettiva somiglianza. La mamma lavorava per la casa d'aste Christie's e frequentava saltuariamente qualche uomo per lo più per ragioni professionali, che poi ci scopasse o meno non mi è mai interessato più di tanto, se anche fosse avvenuto si era trattato di episodi comunque sporadici e comunque gestiti in totale riservatezza da parte sua nei miei confronti.

# Le scelte della vita e per la vita

Passai poi gli anni della scuola media e del Manzoni senza brillare in modo particolare in nessuna materia, ma con poche cose notevoli da ricordare e con qualche esame da portare a settembre. Del latino e del greco studiati in quel periodo mi è rimasto nulla, che se non avessi poi, negli anni successivi, trovato interesse ad approfondirli è probabile non avrei mai recuperato interesse per gli studi classici. Tra tutte quelle ore perse mi trovo ancora oggi a ricordare, e di questo mi stupisco del come e del perché, qualche scritto ed in particolare mi tornano alla mente alcune lettere di Francesco Petrarca. All'esame di maturità avevo portato una tesina su questo aurore ed in particolare su una sua breve poesia, l'Ode al Melone, nelle cui strofe, in pochi versi descrive la gioia di una ragazzina con la quale ha diviso un succoso melone e alla quale ha donato un paio di scarpette colorate, nuove e fiammanti.

Poiché di color vari
allacciati la Ninfa ebbe i calzari,
più polita e più bella
e di soverchia invidia
segno divenne ad ogni altra donzella,

trovar posa non sa; sdegna il ritorno
al chiuso albergo, e abbella
d'un roseo sarto la verginea fronte;
e per li campi intorno,
te cantando, e scegliendo ogni bel fiore,
vassene, e non s' arrischia
di premere coi piè l'umide pozze.

Per una strana coincidenza, nulla avviene per caso, un mattino, avevo credo dodici o tredici anni, sul mio comodino ho trovato un paio di scarpette rosse tipo ballerina, da legare alle caviglie con nastri colorati.

Restando al Petrarca mi aveva affascinato anche un'opera scritta in latino "Africa" sulla guerra punica fra Scipione l'Africano ed il cartaginese Annibale, lettura che a me ancora ragazzina faceva sognare del deserto, dei tramonti e delle albe africane che, ne ero certa, un giorno avrei vissuto in prima persona. Tra l'altro vi si narra di una nobil donna Sofonisba che, pur di non cedere alle pretese di Scipione accettò di morire avvelenata dal suo stesso amante, storia protagonista delle mie veglie e delle mie ansie per tutti i mie 15 anni. Dopo il liceo decidemmo, io e la mamma, di iscrivermi alla facoltà di Archeologia alla Bilkent University in Anatolia, una delle più quotate per quel genere di studi. Un po' perché materia poco inflazionata, un po' e non lo posso negare, perché comunque quel padre un poco esploratore, forse antropologo, appassionato di elefanti, che probabilmente aveva vissuto in Asia o in Africa e forse proprio lì aveva fecondato la mamma è come se mi mandasse i suoi messaggi inconsapevoli invitandomi a seguire in qualche modo le sue orme. Forse un giorno così si sarebbe rivelato ai miei occhi. Almeno ho attribuito da sempre le mie decisioni più "esotiche" a questo possibile ed invisibile suo ritorno.

# Secondo indizio

Capitava abbastanza di sovente che la mamma organizzasse cene e feste con i suoi amici ed amiche, aveva innata, la passione per la buona tavola: cucinare per dieci o venti persone era il suo vero hobby, e gli amici che frequentava erano come lei appartenenti per lo più ad una categoria di borghesi intellettuali che amavano, durante quegli incontri, discutere di argomenti legati al mondo della cultura, libri, concerti, spettacoli teatrali. Spesso alla fine della cena intavolavano lunghe discussioni magari sollecitate da qualche nuovo argomento. A volte facevano un gioco che chiamavano "La mia Africa" che per chi ha visto il film o letto il romanzo di Karen Blixen, è facile ricordare fosse organizzato in storie costruite a più voci: uno dei commensali iniziava proponendo in una frase l'inizio di una storia ed a turno quelli fra gli altri che se ne sentivano l'ispirazione la continuavano fino a renderla compiuta.

«C'era una volta una bella e giovane donna...» così iniziò quella sera Carla Salmoiraghi, amica storica e compagna di Università della mamma, «che durante uno stage residenziale di quindici giorni che frequentava a Venezia», continuò Gigi la Carbonara Marra, professore alla Sorbona amico della Cini, che insegnava lettere e filosofia e ogni tanto veniva a Milano in vacanza, «mandata dal suo professore che era stato anche il suo relatore della tesi di laurea, per approfondire il tema della biodiversità delle isole del Mediterraneo a seguito delle glaciazioni, s'incontrò con l'uomo più affascinante della sua vita». «Durante quella breve vacanza studio» entrò nel gioco la zia Pace, sorella della Carla, «come una marionetta i cui fili sono mossi da qualcuno d'altro, quella giovane donna, si lasciò condurre in territori dove non avrebbe mai immaginato poter correre: si abbandonò al suo destino senza alcuna resistenza senza porre condizioni. Accettò il suo amore!». «Una fuga romantica durata due settimane e due giorni, che furono indimenticabili, alla fine dei quali la ragazza rientrò in sé stessa e con la solita razionalità e l'innato coraggio ed intraprendenza che l'aveva accompagnata per tutta la sua vita, una mattina presto fece la valigia, saltò sul primo treno per Milano e scomparve» incalzò la Duse, soprannome che le era stato dato fin da giovane poiché aspirava a calcare le scene come attrice di teatro. Mamma a questo punto, si accorse della mia presenza dal momento che ero entrata in salotto col libretto delle giustificazioni aperto per farle firmare un giorno di assenza. Tra l'altro c'era scritto il padre o chi ne fa le veci al posto della firma, ma lasciamo perdere. E con una straordinaria nonchalance alzandosi in piedi, prese la parola e recitò «La principessa accettò l'amore del drago e decise di trasferirsi con lui al polo nord in attesa che il principe venisse a liberarla!», tutti compresero l'imbarazzo e continuarono sulla nuova traccia senza batter ciglio. Una storia inventata, certo, però da persone che conoscevano la mamma da anni, da prima che io fossi nata.

# Il babbo, il primo amore

La cosa buffa che capitava alle mie amiche era che si innamoravano sempre dell'uomo sbagliato che poi era simile al precedente e sarebbe stato simile al successivo perché come si dice ogni ragazza cerca nel suo uomo la figura paterna che non so per quale ragione gli è comunque mancata. E allora cosa avrei dovuto cercare io? Altro che mancata! In effetti anche i miei ragazzi erano stati tutti un po' sbagliati ma almeno molto diversi fra loro perché non avendo io un modello da ricercare potevo permettermi di tutto e di ogni specie. Di questo ridevamo spesso con la mamma che oramai era invecchiata al punto che accettava di parlare della cosa abbastanza serenamente senza comunque mai concedermi un indizio utile. Terminata la Bilkent decisi poi di frequentare per ancora tre anni a Londra al Kings College dove mi sono specializzata in archeologia preistorica e dove nell'ultimo semestre ho avuto la fortuna, la mamma dice la sfortuna, di conoscere Jean Hublink, un mio professore e direttore dell'Istituto Mac Plant di Berlino. Me ne sono innamorata subito e pazzamente, ed ho cominciato a seguirlo in giro per il mondo in ogni cantiere e scavo di ricerca che il suo Istituto, sotto la sua guida, aveva aperto. Un colpo di fulmine di quelli che ti travolgono l'esistenza come il passaggio del TGV alla massima velocità. Bello, entusiasta, fiducioso nel fatto che ci fosse ancora molto da scoprire nel mondo, colto, fantasioso, romantico, famoso. Single! Aveva appena divorziato dalla sua terza moglie. Perfetto per me! Assomigliava forse a mio padre? Uguale a mio padre non lo so, forse col senno del poi, forse sì. Non mi ha mai preso troppo sul serio anche perché dedito totalmente o quasi, almeno di giorno, ai suoi scavi e alle sue ricerche. La notte per la verità sembrava gradire la mia presenza anche perché, non l'ho ancora detto, ma in quegli anni ero molto bella, ma d'altronde gli uomini sono tutti molto simili fra loro.

# Le prime scoperte: il Ciclope

Con il gruppo di Jean ho girato mezzo mondo alla ricerca di tesori nascosti, di tombe dimenticate e mimetizzate dalla vegetazione o dalle rocce di una frana; alla ricerca di testimonianze di civiltà sconosciute o perse nella memoria dimenticate, di tracce dell'esistenza di specie animali che la selezione ed i cambiamenti climatici avevano quasi totalmente cancellato ai nostri occhi. Un chiodo fisso di Jean era suggerito dalla lettura dell'Ulisse di Omero, il suo viaggio nel Mediterraneo verso un improbabile ritorno a casa e naturalmente questa "febbre" aveva preso anche me che lo seguivo passo a passo nei suoi ragionamenti, curiosità e in tutte le sue ricerche. Una prima spedizione finanziata dall'università di biologia dell'Illinois ci portò prima a Creta, a Delos e poi a Naxoz. A Malta ed infine in Sicilia alla ricerca dell'elefante. Pensate l'elefante! Buffi i sentieri della vita, proprio l'elefante che per me aveva avuto un significato davvero speciale e mi avrebbe confermato il significato misterioso e quasi cabalistico che avevo da sempre sostenuto. In Sicilia trovammo diversi resti, scheletri e crani risalenti ad un periodo compreso fra i 500.000 e i 200.000 anni fa come ci confermarono i laboratori del CNR di Roma e dell'Università di San Diego. Trovammo in molte caverne le cui entrate erano rimaste celate nei secoli resti di ossa, crani e scheletri di elefanti nani. Non le bestie enormi che siamo abituati a vedere ma soggetti molto più piccoli alti poco più di un metro. Il frutto di migrazioni dalla vicina Africa durante periodi di glaciazione che aprirono quindi passaggi percorribili da animali in cerca di cibo. Nani perché rialzandosi il livello dell'acqua furono costretti per sopravvivere, ad accoppiarsi solo fra i pochi soggetti rimasti isolati il che determinò la loro scarsa altezza dal suolo, cuccioli/adulti sempre più piccoli. Una scoperta molto affascinante se la si collega al mito del Ciclope: il cranio di questi mini elefanti presenta un buco proprio in mezzo agli occhi il che porta facilmente a spiegare l'esistenza di quei mostri figli del dio del mare. Jean era al settimo cielo, ed io con lui, quelle scoperte di ossa preistoriche avevano coronato anni di ricerche e di studi. Lo avrebbero consacrato come scienziato della biodiversità evoluzionistica, un posto nella storia cui lui ovviamente teneva molto. Dal canto mio, felice per la sua scoperta, seppur eccitata per questo nuovo collegamento con gli elefanti mi sentivo sempre come incompleta, come se mi mancasse ancora qualche cosa. Io ero inconsciamente ancora alla ricerca dell'anello, del collegamento che mi mettesse infine nella condizione di sapere finalmente chi fosse stato l'uomo che era mio padre. «Come puoi capire», mi disse Jean un giorno mentre lo accompagnavo ad una conferenza alla Sorbona sulle scoperte degli scheletri degli elefanti, guidavo io la sua Volvo nel traffico caotico degli Champs Elysees delle otto di sera, come sempre accadeva prima di un congresso, «la genetica tutto sommato non è un'opinione, è la scienza più perfetta e la forza più potente della terra che sia stata mai scoperta fino ad ora. Ciò che fa accadere le cose e mai per caso. Anche tu, alla continua ricerca delle tue origini, alla ricerca di un perché, di un percome. Non ti rendi conto che stai sprecando la tua vita intellettuale, le tue possibilità di carriera, per capire ciò che già sei, che sei sempre stata. Non ti cambierà saper di tuo padre, il suo flusso ti scorre nelle vene a prescindere che tu lo abbia conosciuto o meno o che ne scoprirai il nome ed il cognome. Avrà avuto i tuoi occhi, questo è certo, la tua fronte che non è quella di tua mamma, le tue caviglie ed i tuoi polsi. E poi? Sarai tu stessa oramai donna ad essere come lui, come te a prescindere». Quella sera stessa lo lasciai ai suoi elefanti; quando finì la relazione non mi trovò al volante della volvo ad aspettarlo come sempre era stato, rincasò da solo in taxi. La settimana successiva mi preparò alcuni scatoloni con la mia roba che mandai a prendere in istituto per non soffrire troppo. Chi ha subito un torto un sopruso, una violenza, un dolore o è convinto di esserne stata vittima, considera sé stessa sempre e comunque prima di ogni altra cosa al mondo, la paura di riprovare dolore ti fa comportare contro ogni logica. Infatti non ho mai neanche immaginato come si fosse sentita la mamma, magari dopo il presunto abbandono, la solitudine di crescermi da sola, la responsabilità tutta sulle sue spalle. Pensavo sempre solo a me stessa in merito al problema padre che non avevo avuto.

Nello scatolone mi lasciò un regalo, una cosa veramente preziosa in cui lui aveva investito molti anni della sua vita da giovane. La traduzione di un codice segreto. Aveva poi in parte abbandonato l'impresa perché non gli sembrava nella traduzione di quei caratteri di essere riuscito a trovare nulla di eccezionale, almeno nulla che potesse assomigliare alla rivelazione di verità straordinarie e ancora nascoste. Fin dall'università si era infatti appassionato alla traduzione ed all'interpretazione di un testo molto antico che era stato rinvenuto da una spedizione di ricerca svedese di cui aveva fatto parte, in una caverna dell'isola d'Ischia. Sembra che fosse stato stilato attorno all'anno 470 niente di meno che dal filosofo Empedocle che ne aveva fatto dono, secondo la leggenda allo stesso Giove che glielo aveva espressamente richiesto per offrirlo a sua volta in dono ad una ninfa del fiume di cui si era invaghito e che corteggiava ogni giorno mimetizzandosi sotto la forma di un cespuglio di biancospino. Dal giorno della scoperta lui aveva dedicato molto del suo tempo non solo alla traduzione, ma soprattutto alla sua interpretazione in base ai codici fatti risalire a quel periodo. Fu grazie a quel manoscritto che mi ero innamorata di lui: avevamo passato due intere giornate e due notti in una camera d'albergo, appena conosciuti durante un congresso che aveva riunito da tutto il mondo esperti archeologi e studiosi di lingue dimenticate, proprio a Ischia in un piovoso mese d'aprile che insisteva per non aprire le finestre alla primavera. Durante quei due giorni mi aveva letto il testo originale e la traduzione che ne aveva fatto, arricchita dalle molte diverse possibilità che aveva preso in considerazione durante quegli anni di studio, per meglio interpretarne il contenuto. Me ne fece dono, come per altro aveva promesso che avrebbe fatto al momento di una nostra eventuale futura separazione.

Sono certa che così facendo avrebbe ritrovato la sua pace ed il sonno la notte.

# La traduzione di Jean del Codice ischitano

Giove in forma di cespuglio parla ad una Ninfa molto giovane e bellissima. «Questa storia è molto semplice, intuitiva. È scritta parola per parola, riga per riga dalle generazioni di donne e uomini che da Adamo ed Eva, tanto per seguire una linea, hanno percorso i sentieri della terra. Semplicemente scrivo, mia dolce ninfa per te, quello che credo ad ognuno possa venire in mente semplicemente osservando quanto e come la natura offre al nostro sguardo. Per mostrarti e spiegarti quello che io ho creato su questa terra e che desidero donare a te e sposarti, avere con te dieci bambini maschi e dieci femmine. Solo se tu ti accorgessi di me, mentre ogni mattina mi sfiori con i tuoi bei piedini attenta a non ferirti alle mie spine e osservi stupita la meraviglia dei miei fiori, ti inebri del loro intenso profumo. Lo scrivo per quelli che non sanno quanto sia semplice provare a farlo, lettera dopo lettera, il mestiere s'impara. Anche se il mestiere dello scrittore non esiste in sé. Nessuno è mai vissuto raccontando, qualcuno lo ha fatto con arte e maestria ma mai dimenticando che come per chi dipinge un quadro il significato del suo operato viene al momento in cui qualcuno, chicchessia, osserverà la sua tela con interesse, apprezzandola o comunque commentandola. Lo specchio non esiste se non riflette. Questo cespuglio coi suoi fiorellini bianchi e profumati ha un senso solo se tu, ti fermerai ad apprezzarne colore, forma ed esalazioni. Non tutto Giotto è arte e neanche tutto Michelangelo anche se stiamo parlando di geni indiscussi. Non tutto Saramago, non tutto Calderon. Non tutto Fleming. Non tutto fratelli Wright. Molto è precipitato prima di raggiungere l'altezza di sicurezza, moltissimi non si staccheranno mai dal suolo ma tantè, conviene provarci. Il tempo è breve e infame per non provare ad imbrogliarlo cercando di andare oltre anche solo di un giorno, un mese, all'ultimo nostro respiro. Magra consolazione che dopo tremila anni ancora qualcuno metta in scena un palcoscenico con un'entrata e un'uscita? D'altronde non abbiamo scelta, noi che abbiamo l'immortalità dobbiamo per forza trovare un modo per resistere al disfacimento della carne, ai muscoli che si staccano dalle ossa, agli occhi che si appannano, all'intestino ma soprattutto ai reni che più non ce la fanno, dipendono per troppa parte dal cuore che instancabile batte oltre ogni sua resistenza. L'amore è l'unica medicina. Fare l'amore!

Ti voglio raccontare mia deliziosa bambina, pappagallino del mio mattino, lucertolina veloce che passi e vai al fiume a prendere l'acqua per la tua casa, leggera come il polline trasportato dal vento di fiore in fiore, di come io stesso sono rimasto abbagliato da queste mie creature. Le ho viste in te. Ti parlo dell'acqua, della terra, dell'aria e del fuoco i quattro elementi primordiali di tutto ciò che è vivo ed è in questo mondo. Partendo da questo pensiero notturno, maturato da una digestione forse un po' troppo laboriosa, scorgo che tutto ciò che è vivo è caratterizzato dallo "spostamento". L'acqua si sposta di continuo dall'alto al basso dai monti al mare al cielo e con essa tutti gli esseri al suo interno, si muovono per vivere, o attivamente o passivamente. Anche la terra è in continuo movimento, ruota instancabile, spostata dagli insetti che vi abitano, dal vento, dalla mano dell'uomo e dai vegetali che vi crescono. Per l'aria c'è poco da dire si sa che il vento non si ferma, neanche quando la respiriamo, dal naso e dalla bocca e poi giù ai sacchi a scambiarsi col sangue che viene trasportato in tutto il corpo: alla fine viene espulsa all'esterno. Per il fuoco è intuibile come le fiamme si muovano di continuo così come il calore che sprigionano. Ma poi il movimento è per tutti gli alimenti per prodursi, trasformarsi giungere alla nostra bocca, ai nostri corpi col battito del cuore e la crescita dei capelli. Se il mondo fosse immobile a cominciare dal nostro pianeta non ci sarebbe la vita e le idee che dal cervello si spostano per essere organizzate e poi trasferite con la parola, lingua che si muove, o con la scrittura, mano, inchiostro dalla penna al foglio, non esisterebbero. Neanche i sentimenti.

E allora via, andiamo, voglio mostrarti come cantare i quattro elementi della vita chiamiamoli così o in altro modo, nulla cambia... nella grande diversità e nel numero enorme di opportunità che ti si porranno sempre, da lì, da questa partenza, dovrai tornare quando sarai invecchiata a cercare la semplificazione, l'essenziale, quello che è necessario. Una cosa vorrei: che tu mi considerassi seriamente, avrai capito che questo cespuglio che ti sta parlando non è un cespuglio normale, qualche cosa si cela fra i suoi rametti, i suoi fiorellini, le sue foglioline dai due colori verdi così intensi. Qui c'è dentro un dio, anzi il padre di tutti gli dei che è molto interessato a te, alla tua persona, ai riccioli biondi che ti scendono lungo la schiena. Ti osservo da giorni mentre sali la riva con passo da principessa d'altri tempi, già padrona degli occhi di chi ti sta a guardare. Osserva! Vorrei che tu cantassi con la stessa voce con la quali intoni i tuoi passi e muovi i tuoi fianchi sul sentiero sabbioso, alzi i tuoi piedini a quel ritmo forse inventato o forse un ricordo di quando, e non è molto tempo fa, dormivi nella culla appesa al ramo di eucalipto e le donne del villaggio intonavano musica e parole per ingannare il tempo che passava. Diventa mia moglie e io ti farò immortale.

Come forse sai o ancora non sai, ogni elemento è legato ad ogni alimento. Ogni materia che è familiare ai nostri occhi, ai miei ai tuoi, agli occhi di ognuno di noi, ha segnato momenti importanti della nostra vita. Il cibo che siamo abituati a mangiare, che ci hanno insegnato ad assaggiare fin dai primi momenti sia un pane intriso nell'olio o un'ostrica appena pescata, quel sapore e quel profumo, ci accompagnerà per tutta la vita come una leccornia. Così il tuo sapore mi accompagnerà per sempre fino alla fine del tempo se mai il tempo potrà finire! Se potessi paragonarti ad un elemento direi senza alcun dubbio che sei come l'acqua, di certo la prima meraviglia del nostro pianeta. Anche dove non ce ne è, come si dice nel deserto, la notte col freddo che è intenso anche dove fa caldo, scende la rugiada, l'umidità e sugli altopiani trovi la brina. Acqua per tutti quelli che vivono, entra nelle carni e le occupa fino a farle scoppiare. È nel vino, nei frutti, nel latte delle tue caprette in ogni alimento che cresce e si sviluppa solo grazie all'acqua. Tu sei dunque come la vita! E questa che ti racconterò se ti siederai vicino a me e ti sdraierai su questo letto di sabbia al mio fianco, è anche una storia di acqua, in quest'acqua un pesce, grande e bello, colorato con una grande pinna dorsale che gli permette di navigare in superficie, spinto dal vento sulle onde, si è trovato un giorno a dover prendere una decisione. Un pesce grande e bello. Colorato... un giorno ha dovuto decidere se immergersi in profondità ed accettare così i rischi che la profondità nasconde o risalire ed aspettare la sua fine crogiolandosi al sole. Ma quello stesso pesce grande e bello, invece di struggersi nel dubbio, e forse proprio per uscirne, sentita una musica di sogno proprio quel giorno, verso le tre e ventisette, quando il sole era ancora molto alto nel cielo, invece, ribellandosi e dimenticando le sue paure, decide di trasformarsi e accettare di vivere quasi fuori dall'acqua e ballare e ballare al suono di quella magia».

«Ecco così brava, vieni, non avere paura voglio farti mia ed essere tuo solo parlandoti; le mie parole e la mia storia ti penetreranno attraverso le orecchie fino nel profondo del cuore, e quando la ricorderai scoprirai che si ama e si può essere amati anche solo attraverso dei suoni, delle parole, della musica; che non è necessario essere penetrata per partorire uno dei miei figli. Io sono dio. Continua ad ascoltare e giaci al mio fianco, accarezza le mie radici».

«Un pittore matto ha dipinto il mare nel cielo come se avesse ritratto il punto di vista dei pesci. I pesci infatti sono convinti di essere uccelli, in grado di volare nell'aria ma non sanno che si tratta di acqua. Anche gli uomini e le donne vivono la vita ma non sanno che si tratta di una semplice illusione, di un sogno. Dentro loro respirano, mangiano bevono, dormono, nascono, fanno all'amore e poi muoiono. Proprio come gli uccelli ed è per questo che si confondono. Oltre l'aria alcuni uccelli sono convinti per averne parlato coi pesci, ci sia acqua in quantità, non perché l'abbiano mai vista ma per sentito dire. Non è un caso che dall'acqua siano nati molti di noi, per poi invece scegliere l'aria come elemento dove stare. Dal momento che i pesci non hanno scuola né hanno una piazza dove potersi incontrare per discutere di questi argomenti, loro credono sia questa l'unica possibilità, la situazione. Per loro è così e lo sarà ancora per milioni di anni. Fra i pesci conoscevo una minuscola medusa colorata che si chiamava Velella, deliziosa come sei tu, piccola ninfa del bosco, e ho deciso di chiamarti col suo stesso nome. Con la sua vela blu, quando la incontrai durante un uragano che mio fratello aveva scatenato preso da ira per la morte della sua sirena preferita, aveva navigato sulle ali del vento da Punta Bianca fino alla Corsica. Era talmente bella che sembrava dipinta, proprio come te. Rispetto a tutti gli altri pesci, alle sue compagne, aveva visto cose che per chi vive e nuota sempre nella stessa acqua possono sembrare incredibili. Aveva visto la balena che sbuffa dalla testa e che quando salta sembra ci sia il maremoto. Parlava una lingua incomprensibile fatta di versi che escono dal naso che non ha. Sembra però che fra di loro, le balene, si capiscano abbastanza bene anche se non si sa cosa si debbano dire. Fin dall'inizio tutti i pesci parlano lo stesso linguaggio, come i bambini di ogni parte del mondo. Qualsiasi tu prendi e lo metti in Alaska, in Sicilia, alle Kaiman o a Usuaia parlerà una lingua comune, poi a mano a mano che crescono imparano a dire le cose che sentono, ma in modo diverso, dalla Russia a Città del Capo; e poi avviene come per gli uomini che basta passare il crinale di una montagna o attraversare un fiume perché questi esseri a due zampe, dei quali salverei soltanto la parte femminile, non si capiscano più l'un l'altro. Il mare invece sviluppa un codice universale per cui chiunque o qualunque lo percorra o gli nuoti, o lo navighi dentro anche solo su di una piccola deriva, può capire quello che vuole dire: se il vento viene da sud e dobbiamo andare a est ogni marinaio sa aggiustare la vela ed il timone anche senza sapere spiegare il perché lo fa. Velella ha anche imparato che tutti fanno all'amore nello stesso modo anche se ogni pesce corteggia in modo differente, ma questo fa parte della cultura non del saper fare».

«Non è così per me, te l'ho già detto saprò farti fare l'amore senza neanche toccarti con le dita, solo se continuerai senza sosta ad ascoltarmi, è una mia specialità. Posso essere profumo o musica, luce o ombra».

«Durante la traversata che è durata otto giorni Velella ha incontrato una strana coppia: un tonno di due quintali e un grammofono. Nuotavano insieme uno accanto all'altro e tutti e due erano convinti di avere molte cose in comune. Il tonno perché apprezzava molto la musica che l'apparecchio emetteva, per la verità sempre la stessa, ricaricandosi ogni volta al moto delle onde miracolosamente la molla ad elastico continuava imperterrita a far girare il piatto. Ed il grammofono perché amava sopra ogni cosa il luccicare della pelle del pesce quando saltando veniva illuminata dal sole o dalla luna. Velella, osservando quei due e facendo con loro un bel pezzo di strada, aveva scoperto che non era importante capirsi per andar d'accordo e in qualche modo amarsi, era invece importante anche nelle reciproche abissali diversità, che l'uno avesse un interesse nel restare accanto all'altro, per il pesce la musica per il grammofono il luccicare della sua pelle. Per stare insieme bisogna essere in due, per lasciarsi bisogna essere in due. Non perché sia necessario assolutamente, condividere gli intenti, anzi, ma perché è implicito nel significato dei due verbi: stare insieme e lasciarsi! Avrebbero fatto lo stesso percorso, la stessa rotta visto che erano in mare aperto, fino a quando questi due elementi sarebbero loro apparsi importanti e necessari per la reciproca felicità. "Ma con quale musica grammofono ti ha conquistato", chiede Velella al tonno.

"Con quale ritmo e per quale motivo visto che tu di musica non ne avevi mai udita prima d'incontrarvi?". "Per dire il vero", le risponde il grosso e grasso pesce, "io non conoscevo musica e su questo hai ragione, ma fin da quando ero molto piccolo mi scoprivo ad ascoltare il rumore delle onde, del vento e del temporale tutte le volte che ne avevo l'opportunità". "Ma quelli non sono musica, note musicali, sono rumori, solo suoni".

"E no, amica mia, anche il rumore più assordante, anche il silenzio se vogliamo esagerare, è musica; infatti la musica è fatta di note e di pause, di vuoto e di pieno, di vibrazioni e di immobilità" le rispose il grammofono, ondeggiando a ritmo fra le onde. "Nello stesso modo io ho amato la pelle del tonno perché avevo già ammirato il luccicare sulla superficie del mare dopo il naufragio della nave dove viaggiavo ma mai, mai avevo avuto l'occasione di osservarlo su un essere così rotondo e meravigliosamente erotico; ad ogni suo salto o guizzo nel profondo ad ogni contrazione della sua muscolatura la pelle si tende e il colore argenteo delle sue squame riflette il paradiso ai miei occhi". Mentre il vento ora in modo definitivo allontanava Velella dalla coppia, grammofono per un saluto, ricaricata la sua molla, cantava sempre più in lontananza le note di Chopin, ma non i notturni, che quelli li suona per il pesce solo la notte, per aiutarlo ad addormentarsi, ma una musica sconosciuta alle sue orecchie, come prodotta da innumerevoli ed imprevedibili pennellate che all'apparenza sono messe a caso come su una tela di Picasso, ma che a ben ascoltare e seguendo il ritmo nel suo evolversi, appaiono ben presto complete e ben chiare, come al termine si osserva il quadro di un pittore cubista. "Questa musica", le grida allontanandosi da lei il tonno.

"È una tarantella che Chopin ha scritto per me dopo avere ascoltato Rossini", ed intanto una brezza che giungeva da Gibilterra spingeva la vela della medusa confondendo la melodia col suo fischio, un addio.

Anche qui in mezzo al mare, fra la solitudine delle onde, pensò Velella, accade che l'amore come ogni sentimento sia esclusivo ed a senso unico: grammofono ama tonno per la bellezza plastica del suo corpo meravigliosamente rotondo e sodo, per i riflessi della sua pelle umida ed unta, per i movimenti guizzanti che lui ama osservare e che gli rimandano alla mente tutti i balli che nella sua vita ha accompagnato quando ancora, prima del naufragio del Titanic apparteneva alla figlia di Lord Chattenam. Per quello che poteva avere visto, infatti, di solito appoggiato su di un tavolo o un comò, quindi in posizione più alta rispetto alle gambe dei ballerini e delle ballerine, le membra si muovevano al suo ritmo con fruscii e spiegazzamenti di gonnelline e pantaloni in modo assolutamente voluttuoso e affascinante. Un piacere a lui concesso dal senso della vista quindi. Diverso è per il tonno che ama grammofono per ben altra ragione: appaga il suo udito; coi suoi accordi, le sue note e i suoi silenzi ricostruisce come in un film solo sonoro e gli ripropone tutte le emozioni e le esperienze della sua vita passata, ricordandogli attraverso quelle melodie immagini e sensazioni. Lui l'ama con l'udito, per quello che questo senso può concedergli di straordinario. Lo stesso amore fra due esseri ma che si basa su presupposti totalmente differenti e probabilmente né l'uno né l'altro dei partner è cosciente di ciò, ma è convinto della reciprocità o almeno che l'altro gli sia legato per ben tutt'altra ragione. È l'eterno misunderstanding che tra l'altro essendo frutto della fantasia della mente e non di concrete basi di ineccepibile affermazione, è soggetto a continui cambiamenti ed aggiustature.

"Questa è l'acqua o parte di essa, mia delizia, ma poi c'è l'acqua in sé, quella che come un mantello di animale muove su sé stessa e rotola e sale, casca nel fondo, salta fra i sassi e sgorga dal terreno. L'acqua liquida che sa prendere la forma di chi la contiene, per uscirne e ritornare al suo stato primitivo o per impadronirsi di un altro spazio, riempiendolo. Che cade dal cielo, o riflette le montagne sulla risaia. Che si trasforma in ghiaccio scendendo dalla roccia d'inverno. Quella delle lacrime e della saliva in un bacio con la lingua, che scompare nel terreno e dà vita ai mille fiori di un prato".

"Io con te, se lo vorrai", continua il suo discorso Giove, "farò come il Colibrì quando s'innamora e decide di conquistare una femmina: si porta volando sopra di lei ad un'altezza di decine di metri; da qui emettendo un grido unico si getta verso di lei a tutta velocità in picchiata fino a giungere a pochi centimetri dal suo cranio e, spaventandola per lo spostamento d'aria allarga finalmente le ali e risale compiendo un'ampia parabola, per ripetere l'esercizio più e più volte. Almeno fino a quando la ragazza non dimostra di essere rimasta favorevolmente impressionata dalle sue pericolose evoluzioni".

A questo punto il manoscritto si trasforma in un vero e proprio enigma, sembra che scompaia totalmente la punteggiatura, che le lettere si scambino di posto e che le parole greche si mescolino a termini arabi, turchi, spagnoli, rumeni. La traduzione si ferma qui. Credo che comunque quanto descritto sia risultato più che sufficiente al cespuglio spinoso Giove per far cadere la ragazza al suo desiderio d'amore. Posso testimoniare come in quelle due notti di follia l'effetto che mi fece ascoltarne il contenuto fu assolutamente incontrollabile da mente umana».

# Non ne ho fatto una malattia, infatti

Due settimane dopo uscivo a cena con uno degli assistenti di Jean, il più brillante di tutti, ed anche il più bello e gentile, Niky Letter, un canadese. Quella sera stessa ci amammo in un taxi.

Ora da lì a pochi giorni Niky sarebbe partito per la costa atlantica del Marocco per effettuare scavi alla ricerca di un cimitero Saharawi accompagnato da un reparto delle forze speciali marocchine che dovevano proteggere la carovana a causa dei recenti disordini nei campi profughi insorti a seguito di un'esplosione sull'aereo militare caduto in Algeria che trasportava importanti personaggi del fronte Pelisario. Ci lasciammo con l'impegno di ritrovarci da lì a 15 giorni a Boujidour, al Lion Hotel, dove lui non arrivò mai. Fui avvisata da un funzionario dei servizi segreti della sua cattura e del fantasioso riscatto che i rivoltosi avevano richiesto per la sua liberazione, tre miliardi di dollari. Raggiunsi in jeep il campo profughi di Tindouf il giorno successivo, alla ricerca di qualcuno che mi aiutasse a contattare il signor Ghali, il capo dei rivoltosi. Passavano i giorni ma in nessun modo riuscii ad avere notizie del rapimento, era come se non fosse mai successo; e questo peggiorava di molto la situazione di Niky poiché si affacciava sempre più l'ipotesi che si fosse trattato di un gruppo di fuoriusciti dal movimento, cani sciolti, gruppi integralisti. Alla fine del terzo giorno fui condotta da alcune donne con cui avevo fatto conoscenza nella tenda di una vecchia che faceva un po' da capo e un po' da fattucchiera e guaritrice, attività che la poneva in alta considerazione fra la gente di quella parte del campo dove mi ero intrufolata. Mi parlò finalmente di Niky e di come fosse rimasto ferito durante l'incursione organizzata per il rapimento del suo gruppo. Mi disse che attualmente si trovava ricoverato in un ospedale da campo in Mauritania e che le sue condizioni miglioravano. Leggendomi la mano mi parlò di un gatto e di un cane che mi aspettavano in paradiso e di alcune lettere che un uomo, di cui non poteva scorgere il volto, perché io non lo avevo mai visto, avrebbe scritto, raccolte tutte assieme in una rotolo rivestito di pelle di serpente che mi stavano aspettando. Fui felice per la prima parte del suo racconto, avevo amato i nostri due animali che mi avevano accompagnato in ogni momento della mia vita: da cuccioli al primo giorno d'asilo e da vecchi il giorno che ero rientrata dall'università col diploma in mano e, pur camminando a fatica mi erano venuti incontro alla porta sul pianerottolo. Rimasi invece turbata per il resto che avevo udito dalle sue labbra, si rievocava in me l'antico pensiero di un padre cui avevo oramai, forse, rinunciato.

# Dakhla: il mercato nel deserto

Finalmente, dopo 20 giorni dal rapimento Niky fu liberato grazie ad una mediazione di un gruppo di infermieri volontari di Ravenna che operavano nella zona in un presidio sanitario di primo soccorso e che era in stretto contatto per aver vaccinato i Bambini del loro villaggio, col commando che lo teneva prigioniero. Stava bene, dissero e che lo avrei potuto vedere il giovedì successivo a Dakhla, dove si stava preparando un summit per decidere il nuovo governo del Polisario. Era stato curato in un ospedale da campo al confine con la Mauritania dove lo avevano portato. Me lo sono ritrovato in hotel fuori dalla porta. Se ne stava fermo in piedi in silenzio senza bussare; è stato un caso che io aprissi, avevo sentito un rumore in corridoio e pensavo fosse il cameriere a cui avevo ordinato una bottiglia di Perrier. Aveva lo sguardo perso di chi ha visto oltre a quello che si sarebbe potuto immaginare di vedere, perso nei suoi pensieri, terrorizzato per le violenze a cui aveva assistito per essere stato così vicino alla sua stessa morte. Non si riprese mai più e seguitò a vivere come in trance in un istituto di Lione specializzato per il recupero e la cura di reduci di guerra, di persone deportate. Lo accompagnai all'aeroporto militare e lo aiutai a salire su un volo per Parigi dove lo aspettava suo fratello per prendersene cura. Ero devastata dal dolore per quanto gli era accaduto, certo era vivo e questo era molto in assoluto ma non per me, non avrei più potuto vederlo, abbracciarlo, parlargli, svegliarmi accanto a lui. Era come era stato per mio padre, vivo, sulla terra da qualche parte ma non per me. Dal momento in cui si sarebbe chiuso il portellone del suo aereo lo avrei perso per sempre. Ne ero certa. Sarei stata di nuovo sola. Il console italiano che mi conosceva personalmente dalle prime spedizioni al seguito di Jean e che avevo informato dell'incidente, mi chiamò da Marrakech e mi invitò a rientrare in Italia ed a lasciare perdere gli scavi e l'archeologia e le tombe antiche, mi disse di non continuare a rischiare andando in quei territori per evitare di finire immischiata a mia volta in un attentato o un rapimento. Ma non volevo tornare, il fascino di una spedizione e della ricerca di tracce di un passaggio, di civiltà e persone sperse nel tempo e nello spazio mi avrebbe ridato coraggio ed energia. In fondo questo era il mio lavoro ma anche il mio hobby preferito. Restai a Dakhla per sei settimane da turista anche se per la verità non è che ci fosse un gran che da visitare nei suoi dintorni. In quei giorni venni a sapere che una spedizione archeologica dell'Università dell'East Anglia si stava preparando per un'incursione nel deserto alla ricerca dei resti di un cimitero dove una carovana di beduini aveva recuperato ossa umane che analizzate a Parigi erano state attribuite a resti di homo sapiens quindi più o meno vecchie di 250.000 anni. Scrissi una mail al capo spedizione e mi accordai per raggiungerli all'oasi di Ghan-trhua-ghe in pieno Sahara in una zona molto pericolosa perché teatro di molteplici scontri fra soldati marocchini e guerriglieri: sarei partita da lì a sette giorni. Per attrezzarmi alla traversata che avrei fatto insieme ad una carovana di mercanti diretta all'oceano a dorso di cammello, per 100 dollari, decisi di acquistare abiti magrebini adatti a mimetizzarmi fra i miei compagni di viaggio e andai al mercato delle stoffe della città, uno dei più colorati e caratteristici di tutto il Marocco. Mi persi fra i suoi vicoli, fra i venditori di pellami e quelli che esponevano spezie. Donne bianche senza velo, vestite all'europea erano rare in quei vicoli e fu questo mio essere straniera che di certo suscitò la curiosità di un gruppo di ragazzini che un po' scherzando e un po' no, spingendomi e tirandomi per le mani mi fecero percorrere una buona parte di quei budelli fino a farmi completamente perdere il senso ed a ritrovarmi in una costruzione la cui entrata era protetta da una tela colorata. Gente seduta ai lati del locale, crocefissi alle pareti, immagini di santi, oggetti strani, crani di animali, trecce d'aglio, maschere dai volti stravolti che nella penombra non riuscivo a distinguere se di persone viventi o di cartapesta, se attaccate ad un corpo o appese al muro. Sdraiata su un letto in fondo alla parte ancora più buia della stanza appena illuminata da qualche debole lumino che bruciava olio c'era una donna delle dimensioni di una bambina, vecchia molto segnata in viso, certo dal vaiolo. Mi invitò ad avvicinarmi e mi porse una tazza contenente un liquido giallastro, forse un estratto di iboga, qualche cosa tipo droga o una sostanza allucinogena. «Vuoi sognare del tuo uomo», mi chiese in francese, «vuoi vederlo finalmente e riconoscerlo fra i mille uomini che hai incontrato e che rincontrerai? Allora bevi bambina bevi questo miscuglio di erba che ti farà vedere quello che hai sempre desiderato». La situazione mi parve talmente improbabile e surreale che da un momento all'altro mi aspettavo si accendessero le luci e si chiudesse il sipario del palcoscenico dove involontariamente mi ero mescolata ad una troupe di attori teatrali che stava recitando non so quale scena di magia. Ma non c'era pubblico se non le poche persone addossate alle pareti di quell'antro, non i riflettori. Era tutto reale e quindi bevvi tuffandomi a capofitto nella ricerca che mi aveva accompagnato fin da quando ero bambina. Mi svegliai dopo poco o forse molto tempo, non ne avevo alcuna cognizione e mi ritrovai in una sala di un cinematografo, buia e fresca, non ostante la temperatura esterna superasse i 40 gradi centigradi. Nel dormiveglia vidi la vecchia sorretta da due aiutanti decrepiti come lei che mi si era avvicinata per versarmi prima in un occhio e poi nell'altro con l'aiuto di una foglia di abomenzan del liquido. Un bruciore impossibile mi aveva colpito le pupille tanto da farmi perdere completamente conoscenza per il dolore. Ora in quel cinema dopo qualche minuto, si era molto attenuato ma non così si era assopita la mia meraviglia nel ritrovarmi in quella situazione. La proiezione incominciò e con essa caddi in un profondo delirio.

Ebbi molte visioni uomini e donne che camminavano nel fuoco e poi sul pelo dell'acqua di un grande fiume che si muoveva come la pelliccia di una bestia che si alza e si abbassa nel sonno per il respiro. Ero stata, me ne convinsi poi, iniziata ad un rito buitista di cui avevo letto e sentito molto parlare dai beduini delle nostre spedizioni ma che credevo si fosse perduto nella notte dei tempi, dimenticato nella sabbia del deserto. Vidi dei guerrieri armati di lancia con grandi cappelli di piume di struzzo e completamente nudi che danzavano al ritmo di tamburi battuti con i piedi da una banda di suonatori; vidi in un rotolo rivestito di pelle di serpente un pacchetto di lettere confezionate con un nastro viola sulle quali spiccava l'indirizzo di casa della mamma di Milano quella di via Larga dove avevo vissuto tutta la mia infanzia. Vidi Giove vestito da cespuglio mentre rincorreva una ninfa seminuda fino a raggiungerla nell'acqua di un fiume. Mi risvegliai in un angolo del bazar fra sacchi di tè e di cous cous avvolta in un aroma di spezie che mi stava trapanando la testa; gli occhi in fiamme il volto rigato da lacrime color del sangue. Fui soccorsa da alcune donne delle botteghe che mi aiutarono come potevano a rimettermi in sesto almeno per essere in grado di prendere un taxi e tornare all'hotel. Mi accompagnarono fino alla piazza.

# Il negozio del cartaio

Il giorno dopo tornai al mercato, mi ero ripresa quasi completamente e gli occhi, se ancora arrossati, grazie a generose applicazioni di Tobral, mi consentivano comunque dietro gli occhiali da sole di vedere abbastanza bene. Avevo notato nel bazar, non so se prima o dopo che mi avessero drogato un particolare oggetto esposto di cui non ricordavo ma che, e ne ero convinta, o almeno ne avevo una forte sensazione, potesse rappresentare la soluzione alle mie ricerche. Quel mercato era caratteristico per alcune botteghe che vendevano carta, pezzi di antichi libri, pagine di giornali vecchie di un secolo, riviste francesi ed inglesi della prima guerra mondiale. Un testo di Lorca in spagnolo mezzo bruciato certo reduce di un incendio... un volume dimenticato quanto incomprensibile di *Finnegans wake* di Joice, carta stampata in ogni dove, in lingue sconosciute, lontane nel tempo e nello spazio, mappe, lettere, stampe più o meno originali. Cartine geografiche di qualche spedizione andata a male. Una mappa del cielo sulla quale due stelle luminose illuminavano la nostra terra una da est e l'altra da ovest, "perpetuamente" come riportato nella didascalia. Buste, quaderni di scuola. Lettere d'amore, carta da pacco. E fu là che le vidi:

lettere! un pacchetto di lettere riunite da un nastro viola, in un involucro di pelle di serpente. Saranno state una ventina, scritte in italiano. Chiesi al cartaio di poterne vedere almeno una, per meglio convincermi dell'acquisto… mi permise di scorrere solo alcune righe con la scusa che avrei potuto danneggiare la carta che era molto secca e fragile per il gran calore: potei però vedere che riportava una firma in calce, un nome soltanto scritto in caratteri rotondi: Luca. Scritte non si capiva a chi… forse a un figlio o a una figlia. Le acquistai pagandole probabilmente troppo, d'altra parte il mio interesse palese aveva ovviamente fatto lievitare il prezzo che come sempre accade in quei mercati dipende non dal valore di un oggetto ma dall'interesse del possibile compratore a possederlo. Forse finalmente avrei saputo delle mie origini. Avevo trovato il mio uomo? O almeno una traccia solida che mi aiutasse a scovarlo? Ne ero quasi certa, me lo sentivo nelle ossa.

# Che poi un padre averlo o non averlo...

Le mie amiche che un padre lo hanno avuto non è che siano poi state tanto più felici di me. Molte di loro hanno vissuto un rapporto conflittuale argomentato da motivazioni del tipo: questo non è un lavoro da donna, vergognati di uscire tutte le sere con un ragazzo diverso... Altre invece ne sono state viziate esageratamente tanto che al momento di andare a vivere in un'altra città per studiare si sono trovate a dover decidere se lui o la loro vita, alcune alla fine hanno rinunciato alle loro scelte per non deluderlo. Altre ancora, come è successo a Claudia, se ne sono talmente affezionate che quando è morto sono cadute in una profonda depressione e hanno tentato di ricontattarlo richiamandolo da dov'era finito cercando l'aiuto d'improbabili fattucchiere maghe e mammane che, con vari metodi e grazie a sedute spiritiche di dubbia credibilità hanno tentato di farglielo rincontrare. A me per fortuna nulla di tutto questo! Solo qualche volta mi è capitato, alla sera in primavera o estate quando l'aria è dolce ed è piacevole restare in giardino magari con un golfino sulle spalle, ad osservare la luna e le stelle che sono sempre un poco sfumate per il calore della giornata trascorsa, le cime degli alberi mosse dalla brezza che sembrano parlarmi come se fra quelle foglie ci fosse lui, l'uomo della mia vita, quello che non si è mai presentato ad alcun appuntamento né in ritardo né mai. E questa è probabilmente la ragione per la quale non mi ha mai stufato.

# Ghan-trhua-ghe

Mi rimisi in forza e dopo tre giorni riuscii a partire verso l'oasi per incontrarmi con la spedizione, avevo con me il rotolo di pelle di serpente in una borsa che tenevo a tracolla e che non avevo ancora avuto il coraggio di aprire. Mia mamma mi raccontava spesso la storia, non so quanto inventata, di un suo zio che da giovane era riuscito a risparmiare lavorando per mesi, la cifra necessaria per acquistare una motocicletta che desiderava da tempo. Finalmente ce la fece e se la fece consegnare a casa. I facchini la scaricarono sul ghiaietto del giardino proprio di fronte all'entrata della villa dove viveva la sua famiglia e la lasciarono sul cavalletto. E lì restò, coperta da un telo bianco di lino, intoccata per diversi mesi poiché lui, lo zio, tanto l'aveva desiderata che non osava spostarla o metterla in moto, si limitava a guardarla al mattino ed alla sera al suo rientro dal lavoro, per qualche minuto. Gli bastava sapere che c'era e che lo avrebbe aspettato: gli oggetti poiché sono oramai finiti, possono aspettare anche in eterno senza cambiare, gli esseri viventi no, basta un giorno o un'ora di ritardo per vederli completamente mutati: sono impazienti, curiosi.

# In viaggio sul cammello per raggiungere l'oasi

La sensazione del cammello, di starci in groppa o meglio sulla gobba, non ostante ci si sieda su di una specie di cuscino saldamente legato con cinghie di cuoio al cammello stesso, mentre l'animale cammina per sette, otto ore al giorno su e giù da dune infuocate, ai lati di improbabili piste in terra battuta, che quando passa un camion carico di beduini o di merce si alza un polverone attraverso il quale per alcuni minuti non si vede neanche più la testa dell'animale, è un'esperienza che credo indimenticabile fra l'altalena, la barca, il turacciolo il tutto accompagnato da una nausea pressoché continua per i primi giorni che impedisce di mangiare o bere qualunque cosa… che tra l'altro forse è meglio: una nausea terapeutica. L'odore che emana quella bestia e tutte quelle che gli stanno intorno è praticamente indimenticabile, entra nelle pieghe della pelle, sotto le unghie e sembra non lasciarti per i mesi successivi. Poi ci si abitua solo che alla sera quando l'animale finalmente si accovaccia e tu provi a muovere i primi passi sul terreno hai la sensazione di camminare sopra una nuvola alla ricerca di un appiglio per non cadere a terra. Dopo una o due ore si riprende la dimensione sopra e sotto e ci si può godere se non la cucina, i colori, la musica, i profumi che l'accampamento in rapida successione può offrire. Per me quelle serate sono rimaste indimenticabili, chiusa nel sacco a pelo posato su di una stuoia di paglia: alla luce di una lampada a olio fin da subito ho cominciato a leggere le mie lettere, cercando.

# La prima lettera scritta da mio padre

Milano 3 luglio 1984

La vita di ognuno di noi è come un ponte costruito con sassi e mattoni. Un'opera di alta architettura in quanto l'arcata sorregge il peso solo grazie ad un miracolo della fisica ingegneristica.
Un ponte fra l'attimo in cui veniamo al mondo e l'attimo in cui ce ne andiamo dal mondo. Ogni mattone ed ogni sasso è importante perché la struttura regga, ma una volta che stiamo raggiungendo l'altra sponda o almeno che abbiamo perso di vista le nostre origini, non ci ricordiamo più di ogni singolo mattone e di ogni pietra messa. Anche se è evidente che ognuna di queste ha il suo significato, la sua ragion d'essere, se siamo oggi quello che siamo.
Allora c'è chi scrive, chi balla, chi canta e suona la musica, chi progetta un viaggio illudendosi di potere quindi ricordare quei mattoni rendendoli più speciali degli altri. Queste lettere le scrivo a me stesso ed hanno il medesimo scopo, ricordare. Quello che ho ben presente ma anche e soprattutto ciò che ho dimenticato e che solo io veramente posso sapere di avere vissuto. Queste sono le mie riflessioni ma, tu che le leggerai sai che ognuno ne ha da scrivere e da scriversi, per rivedere un film per riascoltare una musica, per ricordare un paesaggio, un muro, una via,

per riperdersi in una sensazione o in un sentimento. Per correre di nuovo e ancora e ancora in un prato fiorito fino a restare senza fiato e cadere, scomparire fra i papaveri e le margherite prima che la terra, che è piatta finisca sotto i nostri piedi.

Luca

Dopo avere letto questa prima lettera incominciai a dubitare e a vedere sfumare lentamente ogni speranza di trovare qualcosa che fosse stato indirizzato a me personalmente. Prese invece forza dentro me l'idea, che poi si sarebbe trasformata in certezza, che lo stronzo aveva scritto tutte quelle lettere solo a sé stesso! In compenso a parte l'incazzatura e la delusione che ovviamente mi aveva colto, la loro lettura mi ha aiutato e finalmente, a conoscere quest'uomo misterioso in molti dettagli che seppur immaginati dai pochi segnali che avevo potuto raccogliere, negli anni non avevano mai trovato conferma alcuna.

Così per ognuna delle dodici notti di viaggio verso il campo e l'incontro con la spedizione, passate alla luce delle stelle e della lampada le ho lette e rilette divorandone le righe, le parole, i pensieri; facendole mie, approvandole e criticandole, apprezzandole, ridendo di alcuni passaggi e piangendo tutte o quasi tutte le mie lacrime mano a mano che il loro autore prendeva forma ai miei occhi e alle mie orecchie, fra le mie mani.

Milano, 16 marzo 1966

Caro Luca, come raccontarti della piacevole sensazione tattile che provo nell'accarezzare i miei nuovi stivali per andare a cavallo. Neri, lucidi, profumati di un cuoio fine, foderati di morbida pelle marrone chiaro. Oltre all'oggetto in sé, hanno un significato ai miei occhi che va ben oltre. Un viale alberato che dalla scuderia "La Capinera" di quel paesino vicino a Gallarate, autunno, foglie colorate a tappezzare il suolo, rumore degli zoccoli che trascinano lo strame, le narici dei cavalli fumano vapore profumato in una domenica mattina fredda col sole. Le nebbie di Malpensa si stanno diradando, si sciolgono ai primi raggi. Sei sette cavalli lucidi con le code gonfie spazzolate di fresco, gli zoccoli ingrassati e scuri, seguono in fila indiana, verso il campo. Qui, in questi boschi volevo arrivare a cavallo, i profumi, le immagini, le sensazioni di chi vive questi luoghi ogni giorno. Questo è un mondo che amo, dove vorrei vivere la mia vita, dove vorrei stare. Asciugare il sudore dei cavalli, partecipare come gli antichi eroi che correvano le corse con le bighe.

Luca

Casorate Sempione 23 marzo 1986

Caro Luca, ho appena letto la tua appassionata lettera e posso dirti che comprendo tutto quanto mi hai scritto. Sono le 8,30 di domenica e a poche centinaia di metri dal sentiero che tu descrivi a distanza di 20 anni sto montando un baio zaino che si chiama Belzebù delle Ghisiola. Camminiamo di buon passo verso la pista del Riding Club per partecipare alla terza prova nazionale di completo per giovani cavalli italiani, Belzebù ha 5 anni ed è un purosangue che mi pare di grande intelligenza. Gli stessi profumi, sensazioni, immagini che tu descrivi li rivivo ora, oggi, anche io, che per uno scherzo buffo del destino mi ritrovo fra le stesse querce che hai descritto nella tua lettera. Comprendo quanto dici e le mie emozioni sono le tue. Calzo un paio di stivali neri di cuoio profumato, non ai tuoi neanche paragonabili; so che la mamma ti portava da quel calzolaio in Corso Lodi, che ormai in pensione lavorava ancora me esclusivamente per clienti che richiedevano stivali da equitazione. Oggi gli stivali si comprano già fatti, belli, lucidi, profumati ma di certo il giorno che li ho presi e messi nell'armadio della mia casa non mi hanno dato quell'emozione di cui parli, come di qualche cosa finalmente raggiunta ed ottenuta, in cambio di Natale e compleanno. Ne avevo bisogno e li ho acquistati punto e basta, non hanno una storia dietro. Belzebù sì invece ce l'ha una storia e te la racconto in breve per dirti come la tua passione, più di una passione sia rimasta la mia passione, anzi ben più di una semplice passione. Ora vivo con i miei cavalli dove ho portato Belzebù. Amore a prima vista, tutto con lui risulta facile e possibile. Ieri abbiamo saltato senza alcuna preoccupazione dei tronchi enormi. Ora ti lascio, un abbraccio e scrivi quando vuoi, mi fai piacere.

Luca

Come prima lettera non c'è male! Cavalli, brughiera, gare… odori e colori, immagini che sono state e saranno sempre anche mie; qui non ci vuole molta fantasia per convincermi che questo Luca, grande e piccolo sia proprio mio padre, la genetica di certo non è un'opinione.

Varese 14 maggio 1965

Oggi è una giornata finalmente di quasi estate, la luce già al mattino alle otto è calda e andando a scuola in moto l'aria mi avvolge come se avessi messo sulle spalle una coperta. Guido senza guanti e senza occhiali e ancora mezzo dormendo ho cominciato a ragionare di una possibile fuga. Impossibile pensare di passare la mattinata seduto al mio banco dietro una finestra chiusa ad ascoltare, lezioni noiose, per le quali non mi riesce di immaginare neanche da lontano una qualche applicazione pratica. Al masso sacro, senza fermarmi a fumare con gli amici come ogni mattina ho tirato dritto verso la Schiranna, il lago. Il barcaiolo forse già immaginava e mi ha preparato la solita barca a remi, l'Adele, leggera col fondo piatto, con la carena colore del blu. Ho remato per una decina di minuti e finalmente in mezzo al lago, io solo unico essere felice al mondo mi sono spogliato nudo e come sempre sdraiato sul fondo di legno sono rimasto al caldo dei raggi che diventavano sempre più forti. Come ogni anno in una specie di sogno mi sono tuffato nell'acqua spessa e limacciosa calda per i primi venti trenta centimetri e poi subito sotto ancora gelida di inizio primavera. Riemergo e vedo il sole, la riva, la barca il mio corpo che mi sembra indistruttibile e prevaricatore di ogni aspetto e situazione che la natura può mettermi di fronte, capace di tutto e di ogni cosa, invincibile. La sensazione è quella di totale immersione e coinvolgimento con ogni cosa fantastica che questo mondo può offrire.

Luca

Biella 2 gennaio 1985

Comprendo perfettamente le tue sensazioni, ancora oggi, dopo tanto tempo a volte, in particolari momenti delle mie giornate d'ufficio sento quella tua medesima voglia di fuga

verso l'aria aperta, il sole, il caldo. Ancora oggi guidando la motocicletta mi sorprendo ad ascoltare il motore e l'ingranaggio delle marce che precise ubbidiscono al mio piede. Ancora mi piace il profumo della terra e delle case che mi avvolge mentre passo e cerca di rapirmi verso il fuori di qui. L'altrove. Per me è quasi sempre fantasia, immaginazione quello che per te è realtà e vita vera, ma d'altronde il confine fra reale e virtuale è ormai talmente labile che può facilmente mescolarsi dall'uno all'altro lato. Mi è capitato un giorno di guidare fino al Tracciolino e di fermarmi in mezzo ad un prato, sdraiato a guardare il cielo più blu della mia vita e a seguire nuvole che venendo dal nord sicuramente si sarebbero poi sciolte sul mare. Immaginazione, sogno? È difficile a volte scandire con precisione ciò che si è già visto o fatto da quanto ci capita di nuovo. E se di nuovo veramente si tratta è ancora più difficile saperlo osservare con sguardo vergine da preconcetti, del già visto, delle idee che mi sono già fatto in simili situazioni. Questo facilita molto e semplifica e riduce i tempi di reazione, riduce anche gli errori ma anche le sorprese; ancora però riesco a stupirmi, spesso.
Un abbraccio

Luca

Sembra sia vissuto a Varese e poi in Piemonte nel biellese; potrebbe anche starci, tanto dal nulla da cui proviene può essersi rintanato ovunque, meglio se vicino a Milano.

# Gli uomini e le donne della carovana

Cento cammelli sono un numero enorme di animali da condurre, bardare, caricare coi blocchi di sale, nutrire ed abbeverare ogni mattina ed ogni sera. La nostra carovana è organizzata in gruppi di venti venticinque bestie, ogni gruppo affidato a sei o sette persone che badano a tutto quanto è loro necessario: fra questi una specie di capo gruppo, in accordo con gli altri capi, organizza i lavori e distribuisce i compiti, verifica. Ogni mattina, prima dell'alba tutto deve essere fatto e sistemato ed ogni sera le bestie legate devono essere sdraiate in ampi circoli dai quali ogni tanto un verso tenebroso mi rassicura sul loro sonno tranquillo. Non c'è nessun problema per le pulizie del campo, infatti ancora prima della partenza miliardi di invisibili insetti hanno fatto piazza pulita di ogni traccia di cibo, di feci, peli, urina e fieno. Il capo del mio gruppo è una figura alta, magra, dall'aspetto molto dignitoso. Veste alla moda dei Tuareg, lasciando scoperto solo una fessura agli occhi che, azzurri, instancabili osservano il mondo assurdo di chi con cento bestie trasporta da secoli blocchi di sale da una parte all'altra del deserto per rivenderlo a dieci volte il suo valore sul mercato di Niamey. Non so se sia un uomo, gli ordini secchi che gli sento impartire agli altri sono asettici come timbro della voce, più dei versi di avvertimento che delle frasi, come se in quella situazione estrema anche le parole oltre all'acqua ed al cibo debbano essere risparmiate per eventuali necessità future. Più di una volta l'ho colto di sorpresa ad osservarmi mentre fingevo il sonno o alla sera mentre leggevo le mie lettere al lume della lampada. Non volgeva lo sguardo altrove colto in quell'atteggiamento anzi insisteva a squadrarmi come se con i cammelli e le altre persone appartenessi anch'io al suo gruppo, di cui era responsabile. Sua è anche la responsabilità della carovana nei confronti dei briganti del deserto ai quali di certo farebbe comodo il nostro carico ma soprattutto le nostre bestie e forse è per questo che dorme poco e per molte ore della notte sta seduto in posizione rialzata da dove può osservare facilmente il campo. Rassicura con questo suo fare che gli attribuisce un fascino ed un carisma che nessun discorso e nessuna parola potrebbe meglio confermare. Non so se ci siano anche donne fra i guardiani e gli operai di certo se ci sono, sono vestite come gli altri, urinano e defecavano come gli altri accovacciandosi per terra e ricoprendo velocemente i propri escrementi nella sabbia, come fanno gli animali selvatici. Percepisco la distanza fra noi essere talmente incolmabile e non solo per la lingua ma per l'essenzialità e l'utilità dei nostri ruoli in quel contesto, che preferisco restarmene nel mio anche se la curiosità di sapere chi sia e da dove venga, la sua età, la sua famiglia, della sua vita è considerevole. Resto ad osservarlo almeno quanto lui fa nei miei confronti ed ho imparato in quei pochi giorni di traversata a riconoscerlo a colpo d'occhio fra gli altri dai gesti e dal modo di muoversi.

La Schiranna, 3 giugno 1968

C'è un posto, sopra la pista dei go-kart, in mezzo al bosco che non si sa neanche che senso abbia la sua esistenza. Sembra una villa nel bosco, d'estate ci fa fresco perché le piante fitte formano una specie d'ombrello che crea ombra specialmente su di un terrazzino da cui si vede il lago che al tramonto si colora di mille luci di fuoco: un quadro di Guttuso che è appeso nel salone della musica. Nessuno lo conosce, nessuno ci va e chi ci va non ne parla con altri come a preservarne il segreto. È un non luogo in quanto completamente avulso da Varese e dintorni, dal quotidiano, dalla vita comune; qui il tempo si è fermato e tutte le volte che ci vado è come se non ne esistesse traccia, tanto che se arrivo alle sei del pomeriggio per l'aperitivo capita che me ne vada per il mezzogiorno precedente o la sera successiva, senza neppure che me ne sia accorto. L'orologio per chi ne ha uno sembra impazzire nel giro delle lancette. Sogno o realtà, difficile dirlo, anche perché è difficilissimo da raggiungere o meglio difficilissimo è trovare il cancello aperto seminascosto dalla vegetazione di rubinie che immette nel breve viale e sul piccolo piazzale davanti all'entrata della casa. Più di una volta la ricerca è risultata inutile e me ne sono tornato a casa senza risultato. Mai dare nulla di scontato, a volte va a volte no. Ma quando va, sotto quel pergolato, mentre il sole cala in fondo al lago e la luce disegna fra nuvole e cielo un vero e proprio inferno dipinto, una delle sorelle proprietarie, stretta in un abitino a fiori coperto con un grembiule ricamato all'uncinetto puntato con spilli sul davanti, ti porta un bicchiere di Punt e Mes con ghiaccio. Sembra banale ma dove altro al mondo può accaderti qualche cosa di simile?

Luca

Verbania, 30 maggio 1992

Sono posti incredibili che non sai neanche come hai fatto a scovarli. Caratterizzati da qualcuno o qualche cosa che sembra appartenere ad un altro secolo ad un'altra storia. A noi piacciono per questo, perché sembra siano lì solo per noi, per un nostro modo di essere e di vivere situazioni a noi riservate. Tutto ciò che ci sembra esclusivo ci appassiona, una testa d'aglio che da un cestino al mercato ci richiama col suo colore rosa ed il suo profumo intenso, un mazzetto di primule che una ragazzina scalza ci offre al semaforo. Se avessi in tasca 100 euro non esiterei a darglieli in cambio, non per il valore della cosa offerta ma per la sua unicità nella mia personale galleria delle immagini. Tutti ne hanno una nella quale conservano gelosamente le immagini della loro vita. Sembra apposta per me. Uno sguardo, un'attenzione, un tono di voce, in saluto. Una frase banale o ricercata, non importa... un bar o un tavolino in mezzo al bosco, un naso di Narvalo. Diventano miei nel momento preciso che li noto fra gli altri e li annoto nel mio elenco personalissimo dei luoghi e delle cose che mi apparterranno per sempre anche quando non ci saranno più. Un pezzo di corteccia raccolto per caso durante una discussione che il solo toccarla mi suggerisce la risposta giusta ad una domanda difficile.

Luca

Alla ricerca del ricercato, di ciò che è solo per noi... è tutta la vita che mi ci provo, che mi cimento in questi esercizi di solitudine e eccezionalità, di ricerca dell'unicorno, ma che sia solo per me stessa.

Elba 5 maggio 1973

Osservo alcune persone che viaggiano in traghetto sul ponte come me. Qualcuno lancia patatine ai gabbiani che seguono la nostra scia. Una donna scrive su taccuino, alcune righe con la bic. Leggo passando da dietro che si rivolge ad un ipotetico Franco che a quanto pare l'ha tradita con una parrucchiera di Piombino. Scrive di occasione perduta, di ricerca di una nuova vita. Gli rinfaccia tutto. La casa, la macchina, la bicicletta... la lascio al suo disappunto, al suo dolore anche perché si sta accorgendo della mia intrusione. Intanto i gabbiani volano, volano e giocano col vento.

Luca

Una volta ho visto una fotografia, in fondo ad un cassetto del comò in salotto: un gabbiano che volava sulla scia di una nave, si vedeva solo il gabbiano e la schiuma del motore, in bianco e nero. La mamma l'ha fatta sparire tanto che il giorno successivo non sono stata più capace di trovarla. La terza traccia.

Un treno che corre verso Marsiglia 5 maggio 1980

Odioso è pensare ed è comunque senza senso che un amore si misuri in oggetti concreti, denari o altro. Un amore è cifrato da frasi, sensazioni, intesa, conoscenza dell'altro. Sapere che c'è, desiderare il suo profilo. In queste cose e naturalmente in molte altre, anche nell'essere certi della sua felicità, nel rinunciare a qualche cosa perché si possa realizzare. Non oggetti o denaro.

Luca

## Poetico sei babbo mio! Sembri anche un uomo giusto e di principi, sembri o lo sei veramente?

Isola del Giglio 23 luglio 1971

Per vedere occorre non avere fretta. Però una volta visto, scorto il particolare che cercavamo non è necessario fermarsi oltre, in attesa di vederci ancora più chiaro, sarebbe un'inutile perdita di tempo. Il tutto non ci apparterrà mai! E se il tempo non è molto a disposizione, come quando ci si immerge in apnea, decidere prima cosa fare, quando si è sotto non ce ne è il tempo, non si può pensare, solo fare. Così quando mi tuffo nel mare evito di vedere, solo osservo per i pochi istanti che mi sono concessi godendo in pieno il bello che mi può dare senza pensare a cosa d'altro potrei scoprire.

Luca

La Baraggia 6 marzo 1996

Il cane bravo che segue il suo naso che ha scorto l'odore del fagiano non si lascia distrarre da ogni altro segnale, forte o debole che sia.
In questo modo lo troverà quasi di certo, la banderuola che gira col vento non indica mai nulla. Quasi mai ho

avuto a disposizione l'ossigeno delle bombole, quasi sempre solo l'aria dei miei polmoni, decidere in fretta!

Luca

Ed in fretta te ne sei venuto e te ne sei andato, io almeno non ho fatto in tempo neppure a sentire il tuo odore, i tuoi occhi, i tuoi abiti. E le scarpe? Meno che meno. Il natale in cui avevo sei anni, però, ho notato e non me lo posso dimenticare, che il papà natale che mi aveva portato i doni, vestito di rosso con una lunga barba bianca aveva ai piedi un paio di Timberland ed al polso un Rolex d'acciaio. Le mani dentro guanti bianchi. Particolari che mi sono rimasti impressi nella memoria: eri tu?

San Josè 13 luglio 1970

Non so come ma molto di tutto ciò che mi piace rientra nella trasgressione, o meglio in ciò che il resto del mondo o una parte di esso, considera degno di critica. Sono attratto costantemente dallo scandalo. Dal comportamento criticabile, da ciò che si allontana dalla norma. Nell'essere, nel vestire, nel fare, nel pensare. E non è solo ribellione adolescenziale, temo sia proprio una mia caratteristica, la ricerca continua del diverso, non solo per stupire ma per dimostrare a me stesso che sono libero di farlo, di allontanarmi dal seminato. Certo ci vuole fisico e volontà, una forza interiore ed esteriore che ti sostenga dalle critiche, dagli altri, dagli sguardi stupiti di chi vive e non lo biasimo, nelle ore dell'orologio. È una ricerca ed una sfida continua, alla ricerca di me, del mio voler essere, ma anche di dio, del senso comune. Come quando avevo 14 o 15 anni al posto del giaccone portavo un largo poncho di lana bianca con disegni etnici di colori smaglianti; me lo aveva portato la mamma dal Messico. Per giocare ma io lo portavo come un cappotto. Certo a quell'età il piacere della provocazione supera ogni possibile barriera.

Luca

Biella 10 gennaio 2000

Vero, ci vuole fisico e determinazione per essere e sentirsi veramente diversi, per essere scopritori e iniziatori di mode e comportamenti, ma anche solo per fare ciò che moltissimi già fanno ma farlo alla luce del sole. Ci vogliono anche persone che infondono in noi una fiducia smoderata, quasi a convincerci che siamo in possesso di super poteri, possiamo volare, saltare, cadere, correre, piangere e ridere, ma girata la pagina siamo quelli di prima, come in un romanzo o in un fumetto. Se poi riusciamo a convincere qualcuno che siamo veri in queste strane manifestazioni allora il nostro potere si consolida e ci irrobustiamo oltremodo fino a diventare quello che vogliamo essere, un uomo libero.

Luca

Un sacripante mi doveva capitare, si conferma ancora uno sopra le righe o comunque uno che ci ha provato a starci. Mi affascina ancora di più per questa ricerca continua del dandy, dell'originalità. Che fosse omosessuale come Wilde?

Milano 7 marzo 1977

Ci sono oggetti che restano indimenticabili. Forse perché li ho desiderati e nell'aspettare il momento in cui avrei potuto averli ne ho approfondito le forme, il contenuto tecnologico, i diversi usi, le possibilità. Mi sono immedesimato in loro immaginandomi come loro proprietario. Li ho accarezzati, osservati, odorati ed ascoltati prima ancora di averli. Ho un coltello a serramanico di Lorenzi, in corno con la lama di acciaio lucido. Un anello che blocca lo scatto d'apertura. Mi piace in modo straordinario perché ho incominciato ad usarlo con le prime fecondazioni, come mi ha insegnato Beppe, per tagliare la punta della pajette. Ma anche il porta sigarette che mi ha regalato Claudio, perfetto nella forma e nel meccanismo a molla che lo apre, che lo chiude. Argento satinato con le mie iniziali. Lucido dentro perfetto con la molla che tiene a posto dodici Muratti, qualche briciola di tabacco resta sempre sul fondo. Poi la BMW azzurra, verde azzurra. Da accarezzare, perfetta nel disegno, nel rumore, precisa nelle curve, nelle guida non sgarra di un millimetro. Si accende precisa, batte il boxer da destra a destra da sinistra a sinistra. Il fumo che cambia sapore a freddo e poi a motore caldo. Che oggetti hai tenuto di questi che ho amato ben più degli altri?

Luca

Londra 3 maggio 1998

Un quadro che mi ha regalato Bill Picture, dodici centimetri per dodici, sarà. Bianco, una nebbia sul mare, una barca piccola e una grande, la piccola sta pescando… una pace inaudita. Forse siamo in oriente, Cina, Laos, forse Vietnam. Vale poco di certo, ma per me è bellissimo. Come il naso del Narvalo, un oggetto unico al mondo, arrotolato su sé stesso. Sensitivo. Un pezzo di vita fondamentale per la grassa bestia che lo possedeva. Maestoso nella sua grandezza e apparente anacronismo. Un naso di altri secoli. Di un'altra era. Di un altro mondo. Il serramanico, la scatola d'argento, il rombo di quel motore, quel fumo, dove non so, ma da qualche parte sì, sono ancora, e ora che me ne scrivi so dove li ho messi. Emergono nei ricordi, fra i mille pensieri e le sensazioni che ancora accompagnano le mie giornate. Ora sono nella mia tasca di fustagno, appesi al muro nel garage che aspettano solo me per rivivere la nostra avventura. Le cose più belle puoi anche non averle per sempre, siamo fortunati anche solo per averle incrociate nella vita.

Luca

Il portachiavi che mi ha accompagnato negli ultimi dieci anni prima con le chiavi di casa, poi il motorino, poi la moto e poi l'auto che mi ha regalato la zia è un orologio solare, un anello di bronzo bucato ed intarsiato all'interno con segnati i mesi e le ore che scorrono su un perno girevole. Ha il grosso vantaggio di dirti l'ora anche se piove basta tu la sappia di già, più o meno. Un oggetto incredibile nella sua assurdità, vale solo per chi ci crede.

# Mongolfiera

La notte qui nel deserto è molto lunga, sembra molto più lunga dell'intera giornata e io fatico a dormire per tutte queste ore di buio. Allora dopo avere letto le tue lettere, spengo la lampada e resto a guardare le stelle, le dune infinite, i cammelli che in fondo al campo riposano sdraiati. Spesso l'uomo blu attraversa il campo, sembra non dorma mai, portando qualche oggetto da qui a la, una capezza di cuoio, una balletta di fieno agli animali. Un lume a qualcuno che ne aveva la necessità. Con particolare attenzione, spesso si avvicina ad un carico ricoperto di tela cerata, che lui stesso carica e scarica personalmente da uno dei cammelli. Ne solleva i lembi come per controllare che sia completo nelle sue parti. Ne ripone gli angoli proteggendolo dall'umidità della notte. Ieri, dopo alcune ore che l'intero campo si era addormentato, non ho resistito alla curiosità e quasi strisciando sulla sabbia ho lasciato il mio sacco per raggiungere quel carico e tentare di scoprire cosa la tela nascondesse. Al tatto ed alla poca luce a mia disposizione mi è parso, per esclusione si trattasse di un grande pallone di tela finissima e di un cestello di vimini grande come una piccola botte. Sul fondo un grosso fornello in acciaio: credo di avere scoperto il segreto del mio uomo. Nasconde una mongolfiera!

Naturalmente l'uomo blu a cui nulla può sfuggire di quanto avviene si è accorto della mia intrusione tanto che questa mattina, prima dell'all'alba al mio risveglio a pochi metri dal mio sacco a pelo, mi ha fatto trovare la mongolfiera belle e montata, gonfia di aria calda, coloratissima nel suo pallone giallo e rosso. Pronta al decollo. Con un gesto mi ha invitato a prendere posto nel piccolo cestello e staccati alcuni sacchetti dal bordo, tenendomi legata con una lunga fune, mi ha lasciato andare in alto dove già i raggi del sole avevano nascosto il buio della notte che non era stato ancora invaso dai raggi bassi del sole. Uno spettacolo che non dimenticherò mai, l'ombra della terra retrocedeva alla luce in gran velocità e mano a mano che ciò avveniva il campo, gli animali, le persone della carovana prendevano vita ed iniziavano a rivivere, come toccate da una bacchetta magica che donasse loro l'esistenza che li trasformasse da pietra in esseri viventi. Dopo una mezz'ora tirando la grossa fune l'uomo mi ha ricondotto a terra, e nel ringraziarlo per questo incredibile regalo gli ho lanciato le braccia al collo per il tempo di un lungo ed affettuoso abbraccio. È rimasto immobile, rigido le mani chiuse dietro di sé. Il mio Tuareg facendo due passi indietro si è affrettato a sgonfiare quel sogno colorato per riporlo nel grande fagotto assieme al cestello ed al bruciatore e caricarlo sul cammello, la partenza per la prossima tappa era oramai vicina.

Nizza 14 luglio 1971

Una vecchia su una sedia a rotelle, truccata come un'attrice degli anni '30. Un barbone nel parco di Londra che spende qualche moneta per comprare noci da dare agli scoiattoli. Non le dà a nessuno che gliele chiede, vuole offrirle solo lui. La signora truccata porta sulle gambe una Chiwawa bianca, scende solo per fare pipì e poi immediatamente le risale con un balzo sulle gambe che non la sentono ma la vedono. I suoi occhi sono luminosi di gioia, un piccolo essere come quello, avrà 30 grammi di cervello in quella testina, è capace di darle tutta la serenità di cui non ostante la sedia che la costringe, le serve per sorridere. Ogni tanto toglie la mano sinistra dalla ruota, forse è mancina, per accarezzare la testina. Quel barbone che dorme sotto una panchina d'inverno avvoltolato in tre coperte che gli ha dato l'assistente sociale, al primo pallido sole londinese si illumina di felicità nell'offrire la noce a quegli esserini senza senso. La sua ragione di esistere, il motivo di svegliarsi, di arrivare a sera. Nessun essere umano potrebbe fare altrettanto, non chiedono nulla, ascoltano senza comprendere, che forse è meglio.

Luca

Nizza 12 gennaio 1980

Tutto purtroppo cambia. O forse è una fortuna. Restano i sentimenti. È strano essendo assolutamente destrutturati che possano resistere. Ma è così. Tengono nel tempo, e superano i confini di razza, regione, cultura, dolore e solitudine. Colore. Forse proprio per la loro essenza possono resistere se fossero fatti di materia si deteriorerebbero, potrebbero scadere. Quello che possiamo prendere da un cagnolino o da uno scoiattolo, tutti i giorni, tutte le ore, sempre rinnovato, nessun umano lo può garantire. Abbiamo bisogno, specie quando siamo fuori gioco, e non vogliamo altro che stare da soli, arrabbiati e delusi dell'umanità, solo di qualcuno che non si chieda e non ci chieda ma che può dare gioia per sua natura. Non è difficile trovarlo bisogna solo credere che ci sia, è che sia per noi.

Luca

Amava gli animali, le piante, le persone, la luce e tutto quanto, amava la vita. Dico amava ma non si neppure se sia morto o vivo.

Milano novembre 1979

Non so come possa essere successo; tutti pronti, ore 20,15, parcheggiate le macchine in centro, chi da Varese, chi da Cesano, chi da Asti, chi dalla Toscana: parenti per il matrimonio. Tutto organizzato a perfezione. Entriamo e scopro che abbiamo sbagliato sera, non era per oggi la prenotazione, ma per domani. Un bel casino. Qualcuno incomincia ad innervosirsi visibilmente. Niente paura, il buon cameriere coglie il disagio e risolve, unisce al volo quattro tavoli, fa spostare delle persone, mi scuso con loro personalmente, prepara veloce con tovaglie appena uscite dalla lavanderia, bicchieri e le posate d'argentone del Santa Lucia e... tutti a tavola si mangia. Cinque minuti di paura, un po' di vino, qualcuno chiede una birra e tutto passa, torna la calma, gli invitati incominciano a mangiare. Nulla è successo. Come al solito un posto fantastico, a cui sono legato da molti anni. Fin da ragazzo, all'università, venivo a mangiare spaghetti con le acciughe e a spendere tutti i soldi della settimana il lunedì a mezzogiorno.

Luca

Qualche cosa di simile ho visto in un film sul matrimonio di un attore del cinema anni venti che correva in auto e giocava a polo. Possibile che sia riuscito veramente a riprodurlo per sé e per la sua vita?

Milano novembre 1999

Si tende sempre a tornare negli stessi posti. E ovviamente al Santa Lucia sono tornato molte altre volte. Sempre con ricordi da ricordare. Come un album di fotografie da aprire che sai in quale cassetto lo hai messo. Il mangiare poi è sempre lo stesso, spaghetti, mozzarella in carrozza (anni fa la facevano in pezzetti più piccoli tipo bocconcini), antipasti di verdure cotte e crude. Per la verità mai nulla di speciale ma sempre quello, una sicurezza. È bello il locale con le foto degli attori anni 50 appesi alle pareti. Ricorda molto un ristorante di Roma, uno di quelli tipici, chic ma caratteristici. Ogni ragione è buona non ci vado per il cibo ma per il posto. I camerieri in giacchetta bianca e cravatta nera. Un tuffo nel tempo, ma all'indietro, di schiena.

Luca

Ci siamo, il cerchio si stringe alle pareti del Santa Lucia fra le foto di attori e cantanti famosi, ce ne è una che ritrae una ragazza con un uomo, leggermente brizzolato, molto bello. Nessuno neanche fra i camerieri più anziani è stato capace di dirmi di chi si tratta; la foto che non è firmata è lì fra le altre, e non si sa il perché! La ragazza assomiglia straordinariamente alla mamma anche se lei al Santa Lucia non ci è mai voluta venire, troppo chic diceva. Io ci sono andata qualche volta specie negli ultimi anni e cerco sempre di sedermi al tavolo di fronte a quella foto. Se fosse lui mio padre, beh capisco come la mamma ci possa essere cascata. Ogni volta che ci vado spendo il denaro preventivato per una settimana.

Baraggia di Candela 13 luglio 2009

Oggi è il mio di compleanno, il nostro per la verità, ma tu mentre scrivo non ci sei più, quindi è un nostro ma mio. Sono venuto a correre in Baraggia presto al mattino, è ancora fresco a quest'ora. Mi regalo questo diversivo, una cosa che non faccio mai prima di andare in ufficio. Oggi me la prendo un po' più comoda. Dal tuo 13 luglio sono passati molti anni, scelte, vittorie e sconfitte, sogni avverati e delusioni. Non li ricordo quasi neanche tutti. È fresco a quest'ora, sono le sette e dieci. Non c'è assolutamente nessuno, neanche le zanzare, stanno ancora dormendo. Faccio una cosa pazza, strana ma di cui sento il bisogno. Mi manca qualche cosa per sentirmi totalmente immerso in quest'aria di luglio, ancora un poco notturna. Ed è con la nostra consueta nonchalance che mi levo la maglietta, i pantaloncini, resto nudo solo con scarpe e calzini. E corro, corro ... mi sono liberato con questo gesto semplice di molte delle costrizioni, delle consuetudini, delle abitudini, degli obblighi e delle regole che in tutti gli anni di vita ci hanno e ci siamo imposti. Delle ore in cui siamo stati seduti, di tutto quello di inutile se non dannoso che abbiamo dovuto ascoltare, vedere, leggere sui giornali e sopportare. Delle parole senza alcun senso che abbiamo dovuto dire e di quelle che non abbiamo detto perché forse non era il caso. Ma corro soprattutto, anzi solo visto che il resto mi è scivolato via, per tutto ciò che di bello e meraviglioso mi è capitato, che mi ha stupito e mi ha riempito di gioia: i miei otto, i miei cavalli, i miei cani, i pappagalli, le case, il mare e la montagna, le vigne di Langa,le vittorie e le sconfitte, il mio amore, le mie passioni, i miei figli, le figlie. Corro per la vita e ringrazio di averla vissuta. Corro anche per te e per me, che siamo gli attori di tutto questo e ci vogliamo bene per le soddisfazioni che ci siamo regalati ad ogni compleanno e ogni giorno che compleanno non era. Il papà faceva uno strano gioco: guidando in autostrada chiudeva gli occhi e contava i secondi durante i quali resisteva ed accettava il rischio micidiale. All'inizio pochissimo tempo, invecchiando mano a mano un poco di più. Fino a quando gli occhi li ha tenuti chiusi.

Luca

Un sacco di elementi, prima di tutto la data del suo compleanno, poi il fatto importante che ha avuto altri figli oltre a me e di questo sono un poco gelosa: chissà se con loro ha vissuto per qualche tempo. E poi ancora parla di suo padre, lo nomina, lo colloca nei suoi ricordi, anche a lui di certo assomiglio in qualche cosa.

New York 16 aprile 1963

Lontano negli anni e dai luoghi mi riporti con questa lettera, ricordi che non mi appartengono quasi più perché sfumati dagli eventi. Eppure abbiamo, io e te, veramente vissuto queste cose e nel mentre le vivevamo ci sembravano tanto favolose quanto naturali. Quelle colline, quelle vigne e quelle cascine erano veramente in quel modo, lo stradino aveva veramente la lingua serpentina che non gli riusciva di tenerla in bocca e sputava mentre parlava ma si sapeva anzi lo si poteva anche caricare in macchina fino alla Morra se ti faceva l'autostop. Qui a New York non esiste nulla di quello che scrivi, siamo lontani e anche se nel parco ti puoi illudere della campagna, vedi subito che anche quel ramo caduto ce lo hanno messo apposta per sembrare vero, oppure no? Le cose sono talmente normalizzate, standard, che sembra quasi che l'avventura non come la giungla ma come un piatto di rane catturate con lo straccio e poi fritte alla trattoria di Cherasco, non si possa più vivere. La città è bellissima, più bella del freddo e del caldo, perfino accogliente nelle sue imagini hollywoodiane. Qui c'è il mondo ad ogni angolo di strada, da dove scrivi tu solo una piccolissima visione un solo punto di vista; ma la notte è ancora lunga, c'è del tempo per vedere tutto il resto. Una poesia di Garcia Lorca mi pare recitasse: ... tu dormi appoggiata la testa sul tavolo dove abbiamo mangiato e bevuto insieme, quando abbiamo parlato di noi. Non voglio svegliarti, un piccolo morso sulla spalla nuda, esco in terrazza a fumare, ma la notte è lunga ed il tempo per averti deve ancora venire.

Luca

Non amo particolarmente la Langa, non più di altri luoghi che mi sono restati nella memoria; ma è un dato di fatto che non appena con l'auto o la moto si incomincia a salire verso le colline venendo da Alba, una sensazione di soddisfazione e tranquillità si sviluppa nella mia mente, il perché me lo sono sempre chiesto, lo attribuivo al paesaggio, ai colori, alle vigne ordinate come corde per asciugare la biancheria. Ora lo so il perché, perché ci sono già stata in un'altra vita o in un'altra dimensione con lui. E poi Garcia Lorca, musica nelle parole.

Bormio le terme, 21 marzo 2000

Annina, Giovanni, Pietro, Carlo, Tosca, Antonio, Claudio, Beppe. Qualche cosa d'importante, finalmente. Tutti miei, dalla testa ai piedi. Elencati così non sembrano neppure molti ma se si unissero le loro mani a formare una catena è straordinario pensare che cosa potranno fare e in parte hanno già fatto, l'impronta che ognuno di loro e tutti insieme lasceranno far le persone, le case, le strade, i boschi, le scuole, i mari del mondo. Loro rappresentano inequivocabilmente l'unico modo per me di possedere totalmente qualche cosa.

Luca

## Ecco i nomi dei miei fratelli e delle mie sorelle, ce ne è abbastanza per riempire le ricerche di almeno altre due o tre vite

Milano, Teatro I, 12 dicembre 2007

Una rappresentazione difficile, d'altro canto io il teatro non l'ho mai capito. Quello classico mi annoia, quello d'avanguardia mi affascina ma, poiché non mi preparo mai prima, per una mia congenita difficoltà a dare peso alle situazioni che affronto, e per la mia innata strafottente certezza di essere in grado di capire e gestire ogni situazione al momento che mi si presenti, del teatro non capisco quasi mai un beato cazzo. Poi al mattino dopo, qualche cosa ma sempre poco; poi Dania mi spiega e allora sì. Credo sia sempre stato così quindi inutile che tu mi scriva per darmene conferma. Piuttosto scrivi d'altro, qualche altro mattone o sasso che non ricordo perché l'ho messo proprio lì.

Luca

In navigazione fra Carrara e la Sardegna 12 luglio 1970

Mare di merda, buio assoluto, onde spaventose, acqua dappertutto, la barca è allagata a metà. Tengo un timone a motore e tormentina, non governo sull'onda che non vedo, sono solo sulla bussola illuminata fra le mie gambe. Gli altri non credo riescano a dormire, il cesso è inservibile. Questo è un mattone o un pietra, non che abbia paura la barca è grande e solida, l'equipaggio più esperto di me, ma il puntino che ora sono su una noce in mezzo al mediterraneo potrebbe veramente scomparire senza lasciare traccia. Uno sputo in uno sputo, in una palla piccola che ruota in un sistema che fa ridere. Tengo forte la ruota e non lo nascondo, per salvare la pelle mia e degli altri sei. Non è forse vero ma mi piace pensarlo. E quanti altri l'hanno pensato fra queste onde in un canale fra Elba e Sardegna che sulla carta praticamente non esiste ma a vela dice otto ore. La notte fa paura ma poi ti abitui a non vedere e senti solo il rumore delle onde che frangono a prua, lì devo tenere la rotta, e l'acqua che passa e mi raggiunge per scaricarsi nel pozzetto, torna in mare, per fortuna. Più ricordo e più mi viene in mente, freddo no, sgomento sì! Purtroppo anche questa sfida finirà. Un mio amico ha scritto che i rettilinei sono spazi noiosi fra due curve.

Luca

Milano, La Scala 16 settembre 1993

Si vive di danza, tutto è ritmo, movimento anche se lento, impercettibile. Un batter di ciglia di chi ti osserva, un fregamento di unghie, un cuore che batte in silenzio, un pensiero che fugge lontano oltre l'altra stanza. Mozart lo sapeva bene, viveva di musica. E a quanto sembra di passione. Ma non di matematica come alcuni maestri vorrebbero farci credere; di immaginazione. Ogni sogno se fatto da mente umana non può non essere all'interno di uno schema, poiché lì è la nostra intelligenza. Fin dal primo vagito tutti si sforzano di ricondurci ad un disegno: e vuole questo, e quello, ha già il suo carattere, è più grande della sua età. È già chiaro che sarà un prepotente... schemi che spesso ci avvolgono e che non ci scrolliamo mai più di dosso. Perché corrispondono al vero. La nostra scatola, il nostro perimetro è quello e quello sarà. Assomiglia a suo nonno, ha l'aria di famiglia. La pescivendola metterà alla luce il pescivendolo, nulla da dire. Chi di gatto nasce, miao fa! Così la nostra danza è fatta di passi già noti, più dell'uno che dell'altro non importa, ma quelli. Ci fanno riconoscere fra noi non ostante gli anni che passano. Ma non da padre in figlio, anche, ma da figlio in figlio.

Luca

Londra, 23 aprile 2000

Ho sempre avuto l'impressione di essere in un ambiente che ha trovato difficile capire cosa ho voluto dire, o forse sono io che non sono stato capace di spiegarmi, che poi il risultato è lo stesso, quindi scrivere a me stesso è stato un sollievo. Non posso non capire cosa ho detto. E poi non c'è alcun tipo di competizione tipo padre figlio, amico amico ecc. semplicemente ricordare o segnalare o far presente certe cose che comunque anche se sono state interpretate diversamente negli anni, non saranno mai motivo di controversia. Il punto di vista può certamente essere mutato anche sostanzialmente ma siamo d'accordo non si discute. Non c'è bisogno di chiedere ad altri. Ho sempre chiesto solo a me stesso e a chi volevo bene. Ma poi ho deciso per mio conto e devo dire che mi è andata bene. Scelte opportune e vincenti. Avrei potuto fare meglio? Di certo sì, ma forse non troppo meglio di come mi è andata.

Luca

Biella 25 febbraio 1993

Ci sono persone che non hanno in mente altro che loro stesse, i loro problemi, la loro felicità, il loro benessere, la loro ragione. Sono pericolose e quindi in pochi hanno la forza di affrontarli, sono suadenti e prepotenti e quindi quasi sempre, sulle persone normali l'hanno vinta. Sono le più faticose poiché non ascoltano altro che la loro tesi, non accettano alcuna critica, in pochi comunque accettano di essere criticati, quelli intelligenti sì comunque. Considerano la loro ragione l'unica degna di attenzione confortati dal fatto che in molti gli danno credito. Se li individui, ed è meglio che ti abitui a farlo subito, prima che si allarghino troppo, non aver remore né pietà, allontanali. Porteranno solo delle grane e dei problemi a tè ed al tuo anturage. Io quasi sempre li riconosco già dall'odore.

Luca

Milano 12 dicembre 1977

Sì, li vedo, in genere li evito da subito. In ogni caso bisogna essere selettivi, riescono a guastare il cesto delle mele se non te ne accorgi in tempo. Vere teste di cazzo.

Luca

# Il secondo elefante

Una delle ultime notti passate nel sacco a pelo dopo dieci ore di cammello mi ha visto all'alba completamente incredula scorgere, proprio vicino, a pochi metri dal mio giaciglio, un enorme elefante dalle grandi orecchie. Mi osservava curioso mentre con la lunga proboscide stava ripulendo dalle ultime foglie verdi rimaste sui rami uno dei pochi cespugli ancora vivi in quella oasi dimenticata da dio e dagli uomini. In pochi istanti il mio uomo dagli occhi azzurri, intabarrato nel suo mantello fino sulla testa fu fra me e la bestia e con un lungo bastone fra le mani fece intendere all'animale di abbandonare ogni eventuale azione aggressiva. L'elefante per la verità, placidamente si spostò più in la per interessarsi ad un altro arbusto che beveva dalla pozza d'acqua.

L'uomo Tuareg, mi si avvicina e mostrandomi il suo sguardo fra le luci e le ombre di un alba per fortuna ancora lontana, posato il lungo bastone per terra si siede accovacciandosi sulla sabbia fredda vicino al mio fianco e mi parla usando un francese difficile da comprendere ma efficace abbastanza per garantire il collegamento delle idee fra due mondi lontani, separati da un oceano d'acqua, di anni, di campi da coltivare e di ricordi.

«Il popolo Tuareg, che posso dire essere il mio popolo, deriva» inizia a raccontare osservando l'orizzonte, «secondo un'antica leggenda Sahariana dalla stirpe regale della Regina Tin Hinan, che una notte abbandonò il castello di suo padre per non essere assassinata dagli sgherri di un cugino scellerato che voleva impadronirsi del suo trono. La ragazza, che era stata avvisata dal suo fedele coyote che aveva cresciuto personalmente e che le viveva accanto affrontò assieme all'animale il deserto pur senza acqua né cibo di scorta e fu solo grazie a lui se riuscì a sopravvivere: quegli animali hanno un senso spiccato per individuare le sorgenti di acqua sotterranee che invisibili ad occhio umano scorrono a poche decine di centimetri sotto la sabbia. Dopo tre giorni e tre notti di fuga disperata giunsero nei pressi di un'oasi dove, accolta dagli abitanti come una miracolata per essere scampata al Sahara, la ragazza fu venerata come una dea. Da quella giovinetta, Tin Hinan, nacque una stirpe di uomini e donne che ne fecero la loro regina e che, alla sua morte costruì una tomba scavata nella roccia di granito di un enorme masso erratico che i millenni avevano collocato, forse caduto dal cielo, secondo il sacro testo in forma di meteorite nel corso dell'ultima grande tempesta cosmica, in un enorme buca scavata nella sabbia del deserto. Ora io so che stai cercando quella tomba e io ti accompagnerò a scoprirla fino all'oasi di Ghan-trhua-ghe dove sei diretta, ma dove questa carovana non ti porterà mai. Domani all'alba un gruppo di briganti attaccherà il convoglio per derubarlo di tutto il sale trasportato e dei cammelli, non lascerà vivo nessun essere umano, perché è così che rispondiamo alle rappresaglie militari dei governi che non riconoscono la nostra indipendenza».

«Ma tu chi sei per avere tanto a cuore la mia persona e per parlarmi in questo modo, quale è la ragione per cui mi proteggi e mi vuoi salvare la vita?», dissi io al mio paladino dagli occhi azzurri.

«Io», continuò l'uomo, «sono il mandato, l'intermediario e il mandante, e ora, che mancano ancora tre ore prima dell'alba, se avrai il coraggio di seguirmi sul pallone, ti condurrò all'oasi e ti svelerò il modo di entrare nella misteriosa tomba della regina».

«Mi ha mandato...».

E qui l'uomo si fermò, come a ragionare sull'opportunità di farmi ancora questa rivelazione.

«Chi?», dissi io, «chi ti ha mandato sulle mie tracce, chi ti ha chiesto di proteggermi?».

«Mi ha mandato il tuo più caro amico, l'uomo che stai cercando e che stai leggendo in quelle tue lettere acquistato al mercato di Dakhla».

«E tu come sai di Dakhla, del mercato?».

«Io so di Dakhla, del mercante di carta, io so dei tuoi occhi brucianti, delle tue allucinazioni, io ero la, vicino a te, lo sono stato per tanti anni, anche se tu non mi hai mai notato, io sono l'amico del tuo migliore amico e non avrei potuto essere altrove».

«Sei un Tuareg?».

«Sono un Tuareg, lo sono diventato in molti anni di deserto, di carovane, di mongolfiera, volando sopra il nulla per capire che nel nulla ogni granello di sabbia ha il suo senso, il vento ne smuove migliaia per formare disegni che sembrano inutili, ma sono belli e, unici perché diversi l'uno all'altro. Simili. Di nessuna funzione ad uno sguardo superficiale ma molto significativi ad una riflessione più approfondita. So cosa è la solitudine di ognuno di loro ma anche cosa si significhi lo stare insieme ad altri mille, muoversi con loro, ubbidire alle medesime leggi, alle stesse regole. So cosa significa lasciare i granelli che ti sono vicini so anche che nel rotolare della vita da una duna all'altra altri granelli si affiancheranno a quelli lasciati, meglio o peggio di quelli di prima, e ci accompagneranno per un pezzo di cammino.

Ora vieni svelta, non perdere altro tempo in domande che ti lascerebbero solo il desiderio di sapere di più di quello che chiedi, dobbiamo partire, allontanarci in fretta da qui, tra poco non potremo più farlo, sarai catturata e fatta prigioniera, per te verrà chiesto un riscatto...».

E mentre mi dice queste parole mi prende e mi tira a sé vicino incominciando a risalire la duna di sabbia più alta che io abbia mai visto in vita mia, una vera collina che di fronte a noi si staglia nel cielo più buio dell'inchiostro, impenetrabile, senza stelle. Lo seguo ubbidiente, il Tuareg mi infonde da un lato fiducia e anche un certo timore, il suo tono, l'aspetto così desertico, tanto che la sua immagine potrebbe essere l'emblema promozionale di questo paesaggio di sabbia e di nulla. Lo seguo anche se già dopo pochi passi mi accorgo della mia goffaggine, non ostante tutte le ore di palestra, di footing, di nuoto cui mi sono dedicata, lo sci e l'equitazione e tutto il resto che mi fanno sentire una donna atleticamente allenata, l'inclinazione della duna, la sabbia che sfugge ad ogni passo e che mi da l'impressione di scendere più che di salire, la cima che si sposta e cambia di forma a causa del vento che la modella diversamente ogni attimo in cui sposto il mio sguardo dalla punta dei miei Birkenstock dai quali escono le unghie dipinte di rosso verso la meta da raggiungere per valutare i miei progressi. In questi casi, come mi diceva la mamma quando camminavamo in montagna, non bisogna alzare lo sguardo troppo di frequente verso la cima come non è bene guardare l'orologio troppo spesso se siamo in attesa di qualcosa che dovrà accadere, le lancette non si muoveranno mai. Concentrarsi sul percorso e possibilmente pensare a qualche cosa di bello che non centra nulla con la fatica che stiamo affrontando quindi... cerco col pensiero di darmi ragione di quest'uomo che inspiegabilmente si sta occupando di me, della mia salvezza, senza che io ne abbia chiesto l'aiuto o gli abbia manifestato alcun interesse, senza che ancora non mi abbia per altro chiesto nulla in cambio.

# Oltre la grande duna...
# Baloon...

Venti forse trenta minuti, arrivo esausta trainata per le braccia dal mio Tuareg, come una valigia con le ruote ed oltre la cima che finalmente sembra essersi fermata perché l'abbiamo finalmente superata con i nostri passi; nell'avvallamento immediatamente successivo il grande pallone colorato della mongolfiera, gonfio si libra nel cielo sopra al cestello; è saldamente legato al bastio di due cammelli il cui peso evidentemente ne impedisce il decollo. Comprendo in pochi attimi che non si tratterrà come per la volta scorsa di un volo di prova ancorato al terreno con la fune ma di una vera e propria navigazione verso il dove e il quando non mi è certo chiaro. E sul quale tantomeno il mio Tuareg sembra volermi o potermi dare spiegazioni esaurienti. Al mio sguardo che probabilmente dice "paura" o almeno "preoccupazione" l'uomo blu risponde socchiudendo gli occhi che sono blu come lui è, in un'espressione che mi sembra voglia incutermi tranquillità e fiducia. Una volta ho letto che cani e gatti non si comprenderanno mai perché se per i primi, i cani, muovere la coda è segno di felicità e amicizia per i secondi, i gatti, di disagio e preoccupazione. Speriamo bene. Mi prende per la vita e con un piccolo balzo sospeso sono dentro al cestello, subito dopo entra anche lui e con un fischio indica ai cammelli il momento di alzarsi e di allontanarsi dal pallone, questo semplice movimento determina lo scioglimento della fune dai loro colli e il pallone, rosso giallo e blu, enorme, grasso libero da impicci si libra lentamente allontanandosi dal terreno. Intanto l'uomo si dà da fare alimentando un fornello a carbone che sprigionando una fiamma gialla riscalda ulteriormente l'aria all'interno del pallone rendendolo/rendendoci ancora più leggeri. Il vento del deserto suona una sinfonia che fra le funi di sostegno mi ricorda un pezzo di John Field: la mamma mi ha sempre suggerito, quando qualche cosa risulta difficile o incomprensibile di fingere un qualsivoglia collegamento con qualche cosa, qualsiasi cosa di culturale. Questo sempre spariglia e lascia perplesso il diavolo o chiunque abbia provato a metterci in difficoltà diceva… per me serve ma soltanto a distrarmi e a farmi concentrare su altro, il nome, il brano, l'occasione, l'evento. Quindi cito al Tuareg John Field ed i suoi notturni, giusto per sdrammatizzare, ma lui non sembra fare una piega e continua a manovrare per guadagnare quota, lasciando il buio della notte per la luce del giorno. Una volta raggiunta la quota desiderata si siede di fronte, dall'altra parte del cestello, per equilibrare il peso del mezzo volante che finalmente smette di ondeggiare e si stabilizza.

«La tua paura mi fa venire in mente una storiella che le nonne Tuareg raccontano ai bambini quando alla sera piangono per non dormire; qualcuno sostiene lo facciano perché hanno paura di perdersi qualche cosa, io credo lo facciano perché dopo nove mesi di pancia hanno paura di non risvegliarsi in questo mondo così meraviglioso».

«Dimmela, va, almeno così non penso al rischio che stiamo correndo seduti in questo paniere sostenuti da un pallone di tela pieno di aria calda, mi viene in mente lo Zeppelin».

«Non temere lo Zeppelin è bruciato perché era pieno di Elio, il nostro pallone ha solo aria, l'aria non brucia, al massimo si rischia di picchiare contro una torre o un traliccio ma capirai bene che nel deserto è molto improbabile. Comunque la storia: un vecchio Tuareg aveva avuto un figlio da una moglie giovane e se lo coccolava come un regalo inaspettato. Alla sera però, prima di andare a letto a dormire il bambino di neanche un anno piangeva e si dibatteva prima di prendere sonno, non sembrava neanche lui; di giorno era sereno e ragionevole, sorridente e piacevole ma la sera diventava veramente indemoniato. Allora il vecchio gli chiedeva il perché di questa sua agitazione ricordandogli finalmente un giorno che la sua disperazione non aveva un senso in quanto aveva ancora di fronte a sé almeno 32500 notti per dormire. Il bimbo, che non aveva mai parlato prima, inaspettatamente gli rispose che a lui invece ne restavano solo 3650. Da quella sera il bimbo si addormentò senza particolari difficoltà ed il vecchio invece ogni sera per almeno una buona mezzora si ritrovò a piangere, senza sapere bene il perché».

«È come se, almeno il tuo racconto mi sembra voglia dirmi che, il fatto che io abbia ancora 40 anni di vita mi autorizzi a non temere la morte».

«No non è esattamente così, ma più o meno è questo il concetto... se ti manca così tanto da vivere che fretta hai di morire? Chi ti incalza? Per uno come me che forse ho mille anni, ma che anche i miei cento pesano invece… si passano decine di anni ad aspettare di essere adulti ed altrettante decine di anni a rimpiangere quando adulti non eravamo. La vita è attesa del nulla, che quando arriva è troppo tardi per tirarsi indietro, oramai non dipende più da noi».

«Ma io ho paura della morte, amo troppo la vita!».

«Un grande poeta greco che si chiama Kavafis, ha scritto una poesia sulla morte intitolandola Itaca, più o meno recita così: Sempre devi avere in mente Itaca, raggiungerla sia il tuo pensiero costante. Soprattutto, non affrettare il viaggio; fa che duri a lungo, per anni, e che da vecchio metti piede sull'isola, tu, ricco dei tesori accumulati per strada senza aspettarti ricchezze da Itaca. Itaca ti ha dato il bel viaggio, senza di lei mai ti saresti messo sulla strada: che cos'altro ti aspetti?

Presto saremo a destinazione, se il vento ci aiuterà, cosa della quale non sono assolutamente certo, impiegheremo almeno 2 o 3 giorni a raggiungere l'oasi e la tomba della regina, se no vedremo come fare. Ti assicuro però che ti porterò sana e salva dove ti ho promesso.

La tomba della Regina ha le colonne scavate nella roccia, fu scoperta da un certo Secondiano Campari, sembra che l'archeologo riuscì ad entrare solo dopo essersi perso per giorni in una fitta rete di cunicoli che si spingevano in profondità nel terreno ed alla luce di una fiaccola vide l'immagine di una donna bellissima vestita con un sontuoso abito di seta blu, immagine che scomparve nel giro di pochi attimi. È probabile si trattasse di un dipinto colorato con speciali tempere che ancora oggi usiamo per marcare le capre e i cammelli al pascolo, nel tempo con la luce i colori si attenuano fino a scomparire e che si fosse mantenuto per molti anni solo grazie al fatto che quella tomba fosse nel buio più assoluto. Tin Hinan la regina dei Tuareg Ahaggar, riposa nelle viscere del suo sepolcro come in un utero materno e ufficialmente nessun uomo o essere vivente ha mai potuto entrarvi dal giorno della sua sepoltura anche perché molti dei cunicoli, col movimento soprastante di un deserto mai immobile, sono stati cancellati da frane di sabbia. Nel 1925 una spedizione franco-americana, intraprese gli scavi d'un gran tumulo funerario, ad Ghan-trhua-ghe, presso il massiccio dell'Ahaggar. La loro spedizione ebbe vita difficile, da prima un'epidemia di colera decimò gli accompagnatori e scavatori, poi la febbre del Nilo fece impazzire e uccise praticamente tutti i cammelli da trasporto abbandonando le merci e gli attrezzi in mezzo ad un tratto di deserto particolarmente fuori mano su di una pista carovaniera che era stata scelta per accorciare il cammino di qualche giorno. Con grande fatica e ritardo la spedizione raggiunse il luogo prescelto, gli uomini e le attrezzature decimate imposero tempi di permanenza incompatibili con le riserve di acqua e di cibo obbligando la spedizione a ritornare a Tamanrasset con tappe forzate per evitare ulteriori danni. Le tempeste di sabbia che in quell'inverno del 1925 furono particolarmente violente cancellarono la pista, le tracce, i resti dell'accampamento e l'entrata, presunta, della tomba; il segreto quindi non fu rivelato».

«Come fai tu a sapere con precisione dove si trova il tumulo mortuario di Tin Hannan, come fai ad essere certo sia proprio dove ora cerchi di portarmi?».

«Un libro, è tutto in un libro, visto che la tua è una storia che valorizza molto la carta, in un vecchissimo libro che mi è stato regalato da un mercante nigeriano malato di gotta e che quindi non avrebbe mai più potuto affrontare il deserto e che ora vive a Marrakesh. Anche se dall'ultima volta che avrei dovuto fargli visita, ma che poi a quella visita ho dovuto rinunciare per un commercio urgente che dovevo condurre in Mauritania, credo sia morto viste le condizioni molto gravi in cui la malattia lo aveva ridotto. Quell'uomo aveva viaggiato per tuta la vita il Sahara, aveva calpestato ogni sua duna da est a ovest e da nord a sud, conosceva personalmente ogni capo carovana che negli ultimi cento anni avevano commerciato per quelle lande. Le oasi, le palme, riconosceva dall'odore che il vento del deserto portava alle sua narici il luogo dove si trovava e la direzione per raggiungere ogni sua meta. Mi vendette quel libro per 100 dollari che contrattai alla fine a 87 più una latta d'olio di palma che avevo in magazzino da diversi anni, forse oramai inacidita».

A questo punto il mio Tuareg estrae da una tasca interna un piccolo volumetto, apre la pagina ad un segno e inizia a leggere:

> Indossava un copricapo di piume di struzzo, 15 braccialetti d'oro e d'argento. Al suo fianco le fu posta una lampada romana, cimelio di una battaglia vinta valorosamente sui legionari che intendevano occupare il nostro territorio, i resti d'una tunica di cuoio rosso, perle d'antimonio e di metallo, un anello ed una foglia d'oro, perle rosse, bianche e colorate, i grani d'una collana, due sigilli di ferro ed altri oggetti: un tesoro inestimabile, solo gli oggetti d'oro raggiungevano un peso di sette chilogrammi.

Io volando sopra quell'area per diverso tempo ho potuto ispezionarne i particolari dall'alto, la fluttuazione delle sabbie, il movimento dei mille rivoli d'acqua che si creano ogni qualvolta, una o due volte l'anno, in cui sul deserto piove e la vegetazione sboccia in un circo di colori dalla sera alla mattina per scomparire la mattina successiva. L'acqua in particolare come cade sulla sabbia si raccoglie in ruscelli che correndo verso il basso mettono in evidenza ad un occhio attento, buche, spazi vuoti, sentieri nascosti in profondità ed è così che ho scoperto lo spazio vuoto dove, ne sono certo è celata la sepoltura della regina.

Il pallone colorato, mantenendo la quota, continuava la sua traiettoria secondo quanto segnalava la bussola verso sud est, in teoria verso la nostra meta, anche se nel mare deserto "sud est" può voler dire molto ma anche nulla! Dipende sempre "sud est" da dove e per quanto tempo. In ogni caso il mio Tuareg si dimostrava particolarmente ottimista ed allegro, soprattutto quando da lontano ci fu possibile intravedere il denso fumo nero che saliva dal nostro campo messo a ferro e fuoco dalla banda di briganti esattamente come lui aveva previsto.

Un giorno intero durante il quale ho potuto ripararmi dal sole micidiale solo grazie ad un telo blu che lui mi aveva procurato e che continuamente bagnava con dell'acqua mantenuta fresca in un otre di pecora. Tempo, noia, silenzio solo interrotto dal vento fra le cime di sostegno del pallone. Solo ogni tanto qualche parola, di conforto, per rassicurarmi sulla rotta, sul nostro viaggio, sul fatto che non dovevo temere nulla e che ogni cosa era sotto controllo.

«Vedi, il sole scende alle nostre spalle e quindi andiamo nella giusta direzione, potremmo scendere per la notte ma è rischioso da terra siamo un oggetto molto visibile, i predoni del deserto a differenza di tutti gli altri uomini, sono abituati ad osservare davanti, dietro di fianco ma anche sopra di loro, quello che quando siete in città voi occidentali siete soliti fare di rado e quando lo fate scoprite terrazzi e giardini pensili di inaspettata bellezza.

Se devi fare i tuoi bisogni necessari, usa quel catino in legno e poi rovescialo fuori bordo, non ti guardo, d'altra parte non abbiamo altra scelta, io farò altrettanto. Abbiamo delle regole di comportamento nel deserto, non possiamo mangiare davanti ad una donna che non sia la nostra amante, davanti alla suocera, davanti ad un anziano. Possiamo però, con rispetto della privacy espletare le nostre abluzioni e bisogni fisiologici che proprio perché fisiologici non dobbiamo vergognarcene: tutti gli esseri viventi li fanno allo stesso modo quindi...».

# La prima notte in aria

Appena passato il limite fra la luce del giorno ed il buio della prima notte, limite invisibile ed in continuo movimento ma inesorabile per chi lo valica, sprofondammo in un buio tale da non riuscire a vedermi la punta dei piedi. Avevo solo la percezione che a pochi centimetri dal mio volto l'uomo blu respirava lento e regolare e comunque con gli occhi chiusi, altrimenti avrei comunque scorto quell'azzurro intenso del tipo che illumina da solo la notte intera. Un lieve russare mi confermava nella mia idea e per tanto non osavo proferire parola per lasciare che riposasse e recuperasse le forze in caso di una qualunque necessità alla quale certo, in quella situazione non avrei potuto far fronte per mio conto. La brezza della sera si faceva sentire regolare e a giudicare dal sonno tranquillo del mio pilota soffiava dalla parte giusta. Solo qualche stella che sbucava dalle nuvole mi riportava alla realtà strappandomi dalle pagine di quella mille e una notte che stavo vivendo a duecento metri da terra volando sopra il Sahara. Nemmeno quando dovetti usare il secchio per liberarmi il ventre l'uomo diede cenno di essere presente. Lo svuotai fuori bordo come mi aveva indicato e prima di addormentarmi mangiai alcuni datteri che mi aveva fatto trovare vicino al sedile con un piccolo otre d'acqua che sapeva di sabbia calda.

# Il tempo misurato ad acqua

E finalmente il mio uomo si è svegliato! O meglio si è degnato di rivolgermi la parola durante questo volo senza meta e senza rotta.

«Se hai fame mangia i datteri che sono in quel cesto e bevi, bevi molta acqua anche se sa di sabbia, abbiamo otto otri pieni, il vero pericolo nel deserto è morire disidratati, mai la fame, c'è sempre qualche cosa da mangiare fra la sabbia ma da bere è difficile... c'è ma è difficile da trovare».

«Ho mangiato datteri ma ancora per quanto voleremo prima di giungere alla nostra meta?».

«Siamo in volo da neppure un giorno intero, il vento sembra propizio almeno a giudicare dalla bussola, penso, se tutto va bene che potremo atterrare fra giovedì e venerdì il che significa ancora 48 o 72 ore di volo. Ce la puoi fare a resistere in questa scomoda situazione?».

«Ce la faccio certo, specialmente visto quello che mi hai promesso di raggiungere una volta arrivati».

E di nuovo il silenzio misurato solo dalle raffiche di vento caldo e dai suoni che per chi sa ascoltare salgono dalla sabbia verso il cielo.

«Quando ti ho parlato del codice ischitano», inizio il mio discorso anche se il Tuareg non dimostra alcun interesse ad ascoltarmi, «non ti ho detto nulla della mia vocazione all'archeologia, del mio interesse per ciò che è stato, della passione che al tempo del liceo ho sviluppato per alcuni scrittori che raccontavano la storia antica. Plinio, Tacito, ma anche e soprattutto Petrarca che mi ha fin dall'inizio affascinata per la sua vita da viandante, le sue scelte e per quanto aveva scritto. Oggi se sono in Africa su di un pallone che vola il deserto del Sahara lo devo anche a lui, alle sue opere che mi hanno conquistata e stimolano la mia fantasia fino al punto da indicarmi le scelte per la vita. Questa Africa che ho percorso in jeep, sul dorso dei cammelli, ed ora sul tuo pallone colorato è la stessa Africa della sua, raccontata di sfondo alla seconda guerra Punica ed alle avventure di Annibale e di Scipione, al triste destino di Sofonisba avvelenata dal suo stesso amante, alle campagne di conquista alle quali centinaia di guerrieri armati con scudi e spade di bronzo hanno dato la vita dopo avere attraversato per giorni e notti il mare su barche spinte dai remi degli schiavi in aiuto di vele poco performanti contro il vento di scirocco e di libeccio. Senza previsioni di dove e di come sarebbero atterrati al di la delle onde, con l'aiuto del sole e di mappe molto approssimate, sfidavano la sorte ed il loro destino per la conquista di nuovi territori in nome di Roma città eterna. Me li immaginavo proprio come la nostra carovana spersi fra la sabbia, granelli senza un senso verso una meta forse inesistente alla conquista di qualche dattero, qualche cammello e di qualche villaggio di povera gente nuda e denutrita. Eppure andavano, attraversavano, combattevano, morivano… come noi che per soddisfare il sogno di una scoperta eccezionale rischiamo la vita nel cielo».

«Bene, considera intanto visto che hai tempo per farlo, invece di continuare a parlare di cose inutili, ma fallo con tutta calma che tempo ne abbiamo, quello che troveremo alla tomba. Per prima cosa un orologio ad acqua, come di certo non li hai mai visti. Solo comprendendo il suo tempo ed il suo lento scorrere delle ore potremo scoprire il modo di penetrare nella tomba della regina. Nulla di straordinario solo che dal momento che entreremo e passeremo la prova dell'orologio dovrai accettare che il tempo non si conta in minuti o ore o giorni ma in secoli, anni, millenni. Infatti, una volta che avremo individuato l'entrata della tomba dovremo confrontarci con un sofisticato meccanismo, un grande orologio ad acqua; una specie di conta tempo in uso tanto tempo fa, che non considera il nostro tempo ma il tempo dei vegetali, delle piante, degli olivi, degli insetti. Questo già ci dovrà abituare a capire come potrebbe essere possibile che con noi, su questa terra, in questi stessi nostri minuti, potrebbero esserci mondi a noi diversi con esseri viventi che si misurano, nascono crescono e muoiono con tempi diversi: a volte millisecondi, a volte secoli. E naturalmente per queste loro caratteristiche noi per loro e loro per noi restano e resteranno ignoti. Non così però è stato per la regina dei Tuareg, è stata istruita a capire e considerare anche ciò che non si vede e non si immagina e solo per questo fatto che potrebbe esistere. Potremo intraprendere il cammino nel labirinto della sua sepoltura solo se considereremo anche queste realtà. Anche le diverse forme di vita erano parte del suo sapere, era stata educata a conoscere i segreti delle piante carnivore, di quelle che girano verso il sole, di quelle che crescono al buio e senza una goccia di acqua. Nella sua tomba ne incontreremo molte, alcune pericolose, altre mortali, nessun animale può vivere secoli o millenni, le piante sì, e quindi sono senza dubbio ideali per svolgere un lavoro di guardiani in una tomba che non vuole essere violata da estranei. Si possono addormentare e dopo molto tempo una goccia d'acqua e un raggio di sole può risvegliarle dal loro sonno e farle rivivere come se nulla fosse».

# Il Satiro di don Ciccio

Intanto il vento portava cullando il nostro cestello di vimini verso la sua meta, lentamente ma senza ostacoli ed apparentemente senza incorrere in pericoli.

«Quando sei entrato nella tomba l'ultima volta fino a dove ti sei spinto? Sei arrivato alla regina o ti sei fermato prima?».

Il mio Tuareg stava alimentando il braciere con pezzi di carbone che conservava in due sacchi di iuta, ravvivando il fuoco che nella notte si era intanto sopito; era evidente e me ne resi anch'io conto osservando il terreno che eravamo troppo scesi di quota col raffreddarsi dell'aria all'interno del grande pallone. Lo faceva senza mostrare alcuna preoccupazione ma concentrato nell'operazione apparentemente semplice se si fosse svolta in un camino di una qualsiasi casa posta a terra ma molto delicata in quanto, qualsiasi anche minimo lapillo infuocato fosse sfuggito dal braciere avrebbe potuto sviluppare un incendio che si sarebbe dimostrato fatale per il volo e per la nostra incolumità.

«Dobbiamo salire almeno a 300 metri da terra, altrimenti saremo facile bersaglio dei predoni ma anche e soprattutto in caso di un aumento improvviso di temperatura dell'aria potremmo precipitare o incagliarci in una qualche duna più alta delle altre».

«E come fai a sapere quando arriviamo a quota 300 metri?».

«È semplice a 200 metri un cammello è grande come la mia mano, a 300 come il mio pollice, a 100 metri come il mio braccio e a 50 metri... siamo precipitati.

Volare sul deserto può sembrare noioso come attraversarlo sul dorso di un cammello ma l'abitudine al silenzio e a sostenere lo sguardo nell'osservare una meta lontana forse irraggiungibile, aiuta ad approfondire la solitudine e la riflessione, il pensare a cose e concetti che altrimenti resterebbero lontani causa dei molti pensieri e distrazioni che il mondo reale ci propone.

Sono entrato nella tomba solo due volte, la prima che ero ancora un bambino ma ero arrivato solo all'orologio ad acqua non sapendo come ingannarne il meccanismo per avanzare oltre; la seconda volta fu durante una tempesta di sabbia, cercando riparo per me e per il gruppo di persone che accompagnavo alla ricerca di un sito archeologico scomparso nei secoli, per puro caso riuscii a infilare il cunicolo principale e quella volta giunsi fino alla camera del Fauno».

«Perché del Fauno, dimmi che cosa sei riuscito a vedere...».

Dopo circa una ventina di metri dalla camera dell'orologio che ti mostrerò al momento buono come fare a oltrepassare, un cunicolo che apparentemente sembra finire cieco si apre in una specie di grotta scavata nell'arenaria, una cupola il cui soffitto è alto più di tre metri ed è larga almeno altri tre di diametro. Al centro posto su di un piedistallo in pietra una grande statua di bronzo raffigura il corpo di un Fauno danzatore, dagli occhi accesi di un giallo vivo d'alabastro, che sembra muoversi convulsamente in una danza dionisiaca; i capelli scendono in ciocche fitte e ondulate dando un vero senso del movimento, fra le mani una coppa ed il tirso. Una figura di una bellezza straordinaria che con una lunga coda e le orecchie a punta del cavallo sembra realmente danzare in onore della Regina che dorme in quella tomba. Sembra che in origine di statue del Fauno ne fossero state fuse due: la sua gemella fu ritrovata nel fondo del mare fra Pantelleria e Malta nel 1998 dal peschereccio Don Ciccio che tranquillamente raccoglieva le sue reti a strascico nelle profondità del canale di Sicilia. La notizia fece scalpore a livello internazionale e la statua del tutto identica a quella della Regina, ma questo lo sapevo solo io, una volta ripescata fu restaurata ed esposta nei musei di tutto il mondo. Fu attribuita a Prassitele che l'avrebbe fusa in due coppie proprio per la tomba della Regina dei Tuareg nel IV secolo avanti l'era volgare. Fu presentata alla principessa del Giappone durante una cerimonia ufficiale e si dice che l'unica persona che la Principessa ringraziò per la straordinaria scoperta fu proprio Don Ciccio, il capo barca che aveva avuto il merito del ritrovamento: al termine dei discorsi di presentazione tenuti dai rispettivi consoli ed Ambasciatori d'Italia e Giappone, dai politici che avevano accompagnato la statua nel Sol levante, che avevano visto sua maestà immobile e silenziosa, la nobildonna sembra si fosse alzata e diretta verso il marinaio, dall'altro capo della sala, gli abbia stretto la mano in segno di gratitudine infrangendo quindi ogni possibile cerimoniale ufficiale. La leggenda Tuareg dice che Tin che le aveva ordinate allo scultore greco una volta che le ebbe ricevute le trovò talmente straordinarie che decise di fare dono di una di esse al Re Salomone e che durante questo secondo trasferimento una tempesta di Libeccio affondò la nave che la trasportava e così per tutti questi secoli la statua fu conservata nelle profondità del mare. Il fauno, quello rimasto nella tomba cela un segreto che gli studiosi, ignorandone l'esistenza stanno cercando di risolvere avendone trovato la traccia corrosa dalla salsedine sulla statua ritrovata: un'iscrizione nascosta fra i folti capelli scritta in un linguaggio fino ad oggi rimasto totalmente sconosciuto. Credo che da quella scritta possa scaturire il segreto per procedere verso la camera della tomba della Regina. Gli esperti ne fanno risalire l'alfabeto ad un manoscritto in parte ancora misterioso, il Codice Ischitano che è stato ritrovato da una spedizione di archeologhi in una caverna dell'isola di Ischia e sembra scritto da Empedocle.

«Ma io conosco quel libro, e ne ho anche una parziale traduzione, mi hanno regalato anche una chiave di lettura e traduzione che potremmo applicare una volta entrati nella tomba. Jean Hublink, un mio amico che è stato anche mio professore...».

«Che è stato anche tuo amante da come ne parli, dal tono della voce».

«Sì, anche, ma questo non centra e poi a te cosa ne importa?

Ha tradotto una parte del codice Ischitano secondo una chiave da lui stesso scoperta; mi ha mostrato più di una volta, il modo di interpretare i segni e la punteggiatura per tradurne il contenuto in francese. Se ti ricordi la scritta posso tentare di farcela altrimenti posso mandargliela a Parigi perché la traduca lui per me».

«Quella della statua nella tomba no non la ricordo anche perché l'ho intravista soltanto ma quella sulla statua gemella pescata da Don Ciccio, seppure rovinata, è pubblicata e si trova facilmente in Internet... appena atterrati e giunti nel mondo possiamo cercarla».

«Mi viene in mente un film di qualche anno fa, diretto da un regista Spagnolo che s'intitolava *Il labirinto del fauno*, in cui si narra di una fiaba in cui nel regno sotterraneo, dove la bugia, il dolore, non hanno significato, viveva una principessa che sognava il cielo azzurro, la brezza lieve e la lucentezza del sole. Un giorno fuggì dalle tenebre dove viveva come una talpa ma appena raggiunta l'aria aperta i raggi del sole la accecarono, e lei per il dolore perse la memoria dimenticando chi fosse e da dove provenisse. Così inerme e sconclusionata dopo poco morì. Il Re, suo padre però era certo che sarebbe tornata nel mondo sotterraneo magari in un altro corpo, in un altro luogo, in un altro tempo e così non si stancò mai di aspettarla».

«Ma tu, Tuareg, per quale ragione hai deciso di accompagnarmi in questa avventura e di rivelarmi il segreto della tomba, rischiare per me la tua vita e salvare la mia? Io non so neanche chi sei, né tantomeno il perché lo fai».

«È inutile che continui a cercare cose inutili, che tanto soddisferebbero solo la tua curiosità, resta nel concreto, vivi quest'avventura per quello che ti può offrire, non farti domande alle quali forse, non vuoi neanche avere veramente la risposta».

# L'oasi

Al terzo giorno di volo e navigazione le mie gambe incominciavano a essere doloranti per quanto avessi cercato di muoverle in quello spazio così stretto del cestello, forse di un metro quadrato o poco di più. Il mio Tuareg si svegliò di buon umore sorridente come sempre con gli occhi che dalla fessura del suo turbante esprimevano gioia e fiducia. Finalmente atterrammo in mezzo alla sabbia sfruttando non so quale punto di riferimento che a me sembrava essere del tutto mancante in quel posto deserto. Semplicemente tirò due cime che allargando il buco posto in cima al pallone ne fecero uscire l'aria calda in modo che il cestello lentamente toccò terra. Scendemmo e i primi passi furono quasi peggiori di quelli fatti dopo una giornata di cammello: faticavo e reggermi e a camminare in linea retta, mi sembrava di essere su di una nave in tempesta, tutto ballava attorno. Chiesi come mai fossimo scesi proprio lì, e lui mi indicò una pietra e circa cento metri da noi grande come una grossa zucca di Hallowen, assolutamente identica a molte altre che avevamo visto e superato almeno ai miei occhi, ma che evidentemente rappresentava qualche cosa di eccezionale ai suoi.

«Quella?», dissi.
«Quella è la nostra bussola in questo luogo, cento passi a est e dieci a nord troveremo l'entrata della tomba!».

# La formula segreta

L'entrata tanto attesa non si trovava, nulla, neanche una traccia nella sabbia di quello che avrebbe potuto assomigliare ad una porta, un buco abbastanza largo da permetterci di passare oltre.

«Bene», disse allora il mio Tuareg, «questa è la prova che siamo al posto giusto».

«Ma come?», dissi io, «abbiamo volato tre giorni in un pallone colorato e oggi, esausti non troviamo neanche una lontana traccia di ciò che cercavamo e tu... dici che siamo al posto giusto».

Intanto il tono della mia voce stava raggiungendo un livello di guardia, una via di mezzo tra la sirena della polizia e la sirena dei pompieri mentre diverse lacrime mi scendevano da entrambi gli occhi: percepiva lo scorrere sulla pelle delle mie guance ed il loro disegnare la sabbia che oramai aveva coperto finissima tutto il mio corpo, e non soltanto le parti che erano rimaste scoperte.

«Immagina di dover ragionare, secondo quanto ti ho accennato quando eravamo in volo, su tempi molto diversi a quelli cui siamo abituati; secoli invece di anni, mesi invece di giorni, ore invece di secondi. Ciò significherebbe che per trovare un oggetto e nel nostro caso l'entrata della tomba, invece di venti o trenta minuti potrebbe essere necessario un mese o due o un anno o secoli, millenni... il problema sarà soltanto nostro perché non siamo abituati a questi intervalli e viviamo come le piante, gli animali e gli insetti, con cui dividiamo la nostra avventura, in uno spazio temporale che è misurato sulla lunghezza della nostra esistenza. Una mosca vive tre giorni e non si sognerebbe di mandare i figli all'università per cinque anni di studi, mi spiego? Un elefante vive duecento anni e non penserebbe mai di accoppiarsi dopo pochi minuti dalla sua nascita. Ora, pensa ad una dimensione che si muove in tempi cento o mille volte più lunghi dei nostri... come quando osservi un aereo che decolla sembra vada pianissimo se lo osservi da lontano in realtà vola a 500 chilometri all'ora, come minimo. L'orologio ad acqua di cui ti ho parlato, che rappresenta il primo vero ostacolo all'entrata nella tomba funziona con questi tempi e tu ed io se vogliamo entrare dobbiamo adattarci a questi ritmi, se no non solo restiamo fuori ma non vedremo neppure l'entrata del cunicolo. Questo è l'incantesimo della Regina».

«E come potremo fare a cancellare ogni riferimento che fino ad oggi ci ha accompagnato nel vivere?».

«Prima di tutto credendo a quanto ti ho appena detto, devi avere fiducia in me ed in quello che sto per fare».

Intanto il mio Tuareg estrae da una borsa in cuoio un'ampollina di metallo e due bicchierini grandi come ditali, ne versa il contenuto all'interno e mi porge il mio calice invitandomi a berne il contenuto.

«Questo è il latte di scorpione, l'alimento che la femmina offre al maschio, prodotto da ghiandole poste dietro al suo collo, durante l'accoppiamento. Di solito il loro rito amoroso è lungo dura anche per una settimana, grazie al liquido magico, alla fine il maschio muore, esausto e la femmina porta avanti la gravidanza, sola. Questo liquido ci permetterà di allungare la percezione temporale dei nostri sensi ed entrare in sintonia con Tin Hinan. Vedrai cose che... vedrai i due Satiri danzare fra loro, scambiarsi gesti che farebbero arrossire chiunque, in preda al vino questo a volte accade ed accadeva di solito durante le feste orgiastiche che Dioniso organizzava ai piedi dell'Olimpo. Sentirai le tue membra, le tue gambe e le tue braccia come se qualcuno volesse staccartele, poiché attraverseremo secoli e secoli ed i nostri corpi in qualche modo reagiranno a questo inganno. Sentiremo musiche mai udite dimenticate nelle note come negli strumenti che erano in uso più di cento anni fa. Vedrai la nostra terra come era e come sarà, vedrai la luce del sole spegnersi e riaccendersi dopo il grande freddo. Vedrai le due luci che per i prossimi millenni ci scalderanno. Ma non devi temere nulla ti capiterà di male perché io ti sarò vicino e ti proteggerò. Ora bevi se vuoi passare oltre il tuo limite».

Mentre come in un flash mi venne in mente il disegno che avevo visto dal mercante di carta presi il ditale e ne bevvi il contenuto, poche gocce di un liquido senza sapore né odore e mi addormentai.

# Dentro il cunicolo

Un sonno lungo, ristoratore di non so quante ore o forse per seguire il ragionamento del mio Tuareg di qualche secolo o millennio, riapro gli occhi e sono in un buio spesso, ho freddo, sono sdraiata su di un letto di sabbia, fine. All'improvviso qualche cosa che assomiglia ad una mano, ma senza le dita, afferra una mia mano, mi spavento... è calda e forte la sua voce mi dice di stare tranquilla che tutto sta andando come previsto, la voce del mio Tuareg, calma, sicura.

«Non trovo i fiammiferi porca miseria, ho una torcia ma non trovo i fiammiferi, ne hai?».

«No, non fumo ti sarai accorto, non ho né fiammiferi né tantomeno accendino».

«Ecco finalmente, stai tranquilla! Li ho trovati».

E un bagliore giallo intenso, come fosse un raggio di sole nella notte illumina uno stretto cunicolo scavato dove siamo sdraiati entrambi come fosse la nostra tomba!

«Bene ora striscia dietro di me tra pochi metri entreremo nella prima stanza, d'ora in avanti a chiunque incontreremo sia vivo o morto ti presenterò come la Regina Tin Hannan, resuscitata per recuperare il suo tesoro, non fare caso, fingi di vivere in una favola, di quelle che si raccontano ai bimbi, e forse è veramente così, ma è l'unico modo devi credermi per entrare in questa tomba, in questo mondo dimenticato e perduto».

Strisciammo per una decina di metri e poi finalmente entrammo in un ampio locale dove il gorgoglio dell'acqua mi indicava di essere di fronte all'orologio di cui avevo sentito parlare. Il mio Tuareg mi presenta al marchingegno che si mostra come una serie di vasche e vaschette in comunicazione fra loro che per caduta di un filo d'acqua si riempiono e si vuotano a ritmo, molte, tantissime, infinite.

Ed ecco, che il primo indizio sul quale tanto ho cercato di ragionare prende finalmente forma nella sua logica a distanza di una quarantina d'anni: ho già visto questa macchina ed effettivamente, anche se con scarsa considerazione da parte mia, già qualcuno mi aveva suggerito si potesse trattare di un orologio ad acqua come quelli in mostra a villa Borghese o ad Indianapolis, ma di un esemplare estremamente più semplice nel meccanismo forse giunto a chi ha disegnato il quadro dell'elefante attraverso i secoli o da un'eredità antica o da un ritrovamento avvenuto in qualche tomba riscoperta. Un orologio ad acqua, certo, e il mio Tuareg, lo aveva visto e me ne aveva parlato. La medesima immagine dello stesso marchingegno del mio quadro...

«Ogni vasca che si riempie e si vuota», mi dice, «rappresenta un'unità di tempo che quando finisce dà inizio alla successiva. Non so quante siano né quanto durino, non so cosa rappresentino ma... so che ogni ciclo dell'orologio dura mille anni e che da quando la tomba è stata scavata e la macchina è stata posta alla sua guardia ne sono passati più di quattromila e trecento. Ora è il momento di decidere come fermarla, quando fermarla e perché: se vogliamo andare avanti nel cunicolo dobbiamo fermare il tempo, altrimenti non basterebbe certo la nostra vita per raggiungere la sala della regina».

«E come pensi di sapere il modo e il quando?».

«Credo che il momento giusto sia quando la vasca superiore si colma e il liquido viene riversato nelle dieci vaschette che sono sotto di lei, forse fra pochi minuti forse fra cento anni.

Come farlo è molto semplice solo interrompendo il flusso dell'acqua da sopra e quindi spostando di lato la canalina che la sta alimentando».

«Fallo tu».

Gli dico che io non saprei.

«No, devi farlo tu, tu sei la regina, tu sola puoi interrompere il nostro tempo«.

La vasca si stava riempiendo, ecco il momento... un gesto veloce, scosto il beccuccio di riempimento e cominciamo a correre frenetici verso la seconda stanza, non abbiamo molto tempo! Sento il rivolo dell'acqua che gorgoglia fuori dal vaso, inonda il pavimento che anche se di sabbia si trasforma in una palude fangosa, insetti enormi si alzano dal liquame, i nostri piedi faticano ad avanzare trattenuti dalla melma che oramai arriva alle nostre ginocchia... è come se l'acqua di mille e più anni anche se di un piccolo rivolo, si stesse diffondendo nel cunicolo, distratta dal suo ruolo iniziale.

«Corri», mi dice il mio Tuareg, «la seconda stanza è posta più in alto e l'acqua non vi arriverà, siamo però noi e soltanto noi che dobbiamo farcela ad uscire».

Finalmente con un grande sforzo che oramai per gli ultimi passi ci obbliga ad estrarre le gambe affondate fino all'inguine, un gesto mi aiuta per l'ultimo metro non so se è del Fauno o del Tuareg ora ai miei occhi sono la stessa persona il suo sguardo fiammeggiante mi fa capire che il mio tuareg è uno di loro, della tomba, degli abissi, del segreto della Regina. Ed ora eccoci alla statua immobile ma danzante, nelle contorsioni del suo corpo ad una musica che non odo ma che riesco ad immaginare di flauti e tamburi. La frase, dov'è la frase da decifrare, mi spinge il mio Tuareg a cercarla sul dorso, sulle cosce, sulle braccia della statua.

«*Omar cremecotg gomar ercotnooptg cetlarott*, eccola, l'ho trovata! Come un tatuaggio posto dietro l'orecchio destro, scritto anzi inciso nel bronzo, ecco la frase del codice».

«Conosco questo alfabeto, come ti ho detto, ho un manoscritto che è stato tradotto da questo linguaggio che narra niente di meno di alcune storie che lo stesso Giove aveva inventato per conquistare una fanciulla, una ninfa. Lui travestito da cespuglio spinoso, lei che andava al fiume tutte le mattine a prendere l'acqua».

«E quindi traduci, io al massimo sono riuscito ad arrivare fino a qui nelle mie precedenti intrusioni ma non avevo mai trovato ulteriori messaggi né sarei comunque stato in grado di interpretarli».

«L'alfabeto che viene usato, è unico. Sono però state riconosciute 28 lettere, che non hanno nessun legame con gli alfabeti attualmente conosciuti. Si sospetta inoltre che siano stati usati due alfabeti complementari ma non uguali».

«Ebbene cosa dice la scritta, se almeno avesse il significato di aiutarci a progredire...».

«Dice "il vuoto è ciò per cui combatte l'occhio del piccolo uomo" ma non ho l'idea di che cosa possa significare!».

Intanto il mio Tuareg che evidentemente aveva inteso qualche cosa del messaggio, percorrendo avanti ed indietro le pareti della stanza della statua colpiva con una pietra raccolta da per terra il muro a sentirne e a verificarne la consistenza: tutti i colpi che lui infliggeva risuonavano come se dietro ai mattoni ci fossero spazi vuoti, fino ad un unico punto specifico che restituì un suono cupo, pieno.

«Qui dobbiamo provare a scavare», disse.

E incominciò ad attaccare l'intonaco colpendolo con un coltello a guisa di scalpello.

Io nel frattempo alimentavo la fiaccola con stracci nuovi in modo da mantenere luce a sufficienza perché si potesse vedere cosa stava facendo.

«Ecco qua, principessa», ad un certo momento mi disse scostandosi tutto sudato da un pertugio che aveva aperto scavando.

In effetti accostando la luce al buco si intravide un'altra stanza al centro della quale su un giaciglio c'era un corpo vestito di sete colorate. Il Tuareg allargò il cunicolo ed entrai ad osservare quella mummia quasi intatta nel tempo, che come la statua di bronzo aveva al posto degli occhi due gemme gialle di fuoco. La scoperta archeologica più importante del secolo era davanti ai miei occhi: vesti, gioielli, acconciature, disegni e tatuaggi sulla pelle mummificata della più leggendaria regina della storia d'Africa!

# Milano, dieci anni dopo

Non ho mai più rivisto il mio Tuareg da quel giorno o meglio dal momento in cui mi accompagnò all'uscita della tomba, mi consegnò un cellulare con GPS perché chiamassi Marrakech e segnalassi il luogo dove mi trovavo al direttore del Museo di archeologia. Mentre effettuavo la chiamata emozionata per la straordinaria scoperta appena fatta, il mio uomo scomparve letteralmente alla mia vista lasciando la zavorra e salendo con un balzo sul cestello della mongolfiera che incominciò velocemente la sua salita nel cielo. Lasciando me sola ed il mio cuore spezzato! Lasciò anche una lettera, l'ultima come mi resi conto leggendola in lacrime. L'aveva gettata sulla sabbia, ai miei piedi e, senza che neanche me ne fossi accorta, aveva appoggiato lì vicino un paio di scarpette rosse di quelle basse da ballerina che si legano alla gamba annodando nastri di molti colori.

# L'ultima lettera

Parole inutili è meglio non dire. Erano anni che volevo farti dono di questa scoperta in modo che tu potessi ricordare per sempre che non sei stata abbandonata. La magia del Sahara ci ha fatti incontrare come fossimo due naufraghi alla deriva fra le onde dell'oceano, la sabbia è come l'acqua, immensa; ed è come se almeno da parte mia ci fossimo conosciuti da molto tempo. Questa storia avrebbe potuto concludersi in diversi modi, avremmo anche potuto fallire nella ricerca, non ero sicuro che avremmo trovato la regina. Lo desideravo molto ma non ne ero certo. Quando le possibilità superano il 50%, anche per pochissimo conviene tentare, ci è andata bene. Tu famosa fra gli archeologhi e io coi miei cammelli ad attraversare ancora il deserto, e ancora. Le nostre piste si sono incrociate sulla sabbia e poi lasciato alle spalle quell'incrocio, piste che forse partivano da un medesimo punto ma che il vento ha sempre confuso nelle loro direzioni. I bambini giocano a mosca cieca bendandosi gli occhi, e senza vedere cercano di toccare qualcuno degli altri, come in un gioco di amore avviene, ci si sceglie alla cieca e ci si lascia accecati.

Non chiederti il perché, tanto non potresti accettarlo. Una volta in una mia vita precedente ero appassionato di elefanti, così appassionato che mi ero trasferito a vivere in India nel Kashmir. Lavoravo in un centro di addestramento che riforniva queste meravigliose macchine da lavoro, una volta educate a diversi centri agricoli di tutta il continente. Tornato in Italia per una vacanza decisi di visitare Venezia ed approfittai dell'invito a partecipare ad un convegno sulla biodiversità nelle isole del Mar Mediterraneo... vi incontrai una principessa. Dopo una settimana mi feci ricoverare per un controllo a seguito di un malessere che mi aveva colto e mi provocava difficoltà a camminare ed a reggermi in piedi. Mi fu diagnosticata la peste bubbonica, fortunatamente in una forma non infettiva ma che sarebbe risultata devastante per quanto concerneva il mio aspetto, ne sarei rimasto sfigurato e quindi impresentabile nel mondo civile. Mi curai prima a Venezia e poi a Dheli, dove c'era un centro specializzato per malattie tropicali, l'unica parte che non fu colpita del mio corpo furono gli occhi, quelli che oggi tu puoi vedere, quelli che vorrei tu potessi ricordare. Non tornai più dalla mia principessa per non obbligarla a guardarmi in faccia. Scelsi così anche perché nei mesi dell'ospedale mi scrisse di essere rimasta gravida e che il padre, con molta probabilità, sarei potuto essere io. Una bambina poi non avrebbe certo mai potuto vedere il mio volto e le mie mani dopo la malattia.

Luca

# Fra la gente comune

Tutte le mattine, uscendo verso la stazione del Metrò di Piazza Duomo, incrocio centinaia di persone che come me che sto andando in Via Festa del Perdono in Istituto cerca di raggiungere il lavoro o altra meta necessaria, spesso, non sempre, mi capita di sentirmi ancora addosso quegli occhi azzurri senza tempo e senza corpo che mi guardano attraverso la fessura di un turbante. Mi volto, lo cerco, qualche volta lo trovo... l'ho rivisto fra la folla, alto, magro, elegante nel suo mantello, coi sandali ai piedi abbronzati. Le mani sempre nascoste, sembrano voler dire qualche cosa che in pochi attimi si dilegua come tutta la sua figura, che scompare nel nulla. Non mi ha lasciato mai, l'ho avuto con me al mio fianco in tutti gli uomini, lo vedo nei miei figli maschi ma anche nelle femmine, hanno preso molto da me e poco dai loro rispettivi padri, molto da me e molto da lui. Ne sarebbe sicuramente fiero, ognuno di loro lungo le piste della loro esistenza porteranno la sua immagine ed il suo sangue.

Forse un giorno andranno in India o in Africa e vedranno il paesaggio dal cielo, dall'alto di una mongolfiera colorata. Lo spero per loro.

Milano 10 settembre 2005.

# Indice

*Il catalogo delle pubblicazioni di narrativAracne è su*

www.narrativaracne.it

Finito di stampare nel mese di aprile del 2020
dalla tipografia «Wellpress S.r.l.s.»
04011- Via Tecnica, 1 - Aprilia (LT)
per conto della «Gioacchino Onorati editore S.r.l. – unipersonale» di Canterano (RM)